NA GUTHAN
Iain Mac a' Ghobhainn

GAIRM: Leabhar 93

NA GUTHAN

Iain Mac a' Ghobhainn

GAIRM

Foillsichte 1991 le
GAIRM, 29 Sràid Bhatairliù, Glaschu G2 6BZ

Clò-bhuailte le
Martin's of Berwick

ISBN 1871901 13 8

Chuidich an Comann Leabhraichean am Foillsichear le cosgaisean an leabhair seo

Clàr

An Guth	1
An Fhìrinn	4
A' Chluas	7
Danns a' Chlaidheimh	10
Boireannach Araid	13
Màiread	16
An Tobar	20
Oidhche na Bainnse	23
An Ròs	26
Fear-Siubhail	29
Na Tòimhseachain	32
Mo Mhàthair ann an Glaschu	35
An Leum	39
Aig a' Chèilidh	43
Dealachadh	46
Niagara Falls	49
M'Uncle à Africa-a-Deas	53
Dìth-Cuimhne	57
Am Bocsa	60
Murt	63
Esan 's an Cu	67
Am Bàrd	73
An Uilebheist	77
An Drochaid	81
Ciamar a tha e Beò?	85

An Guth

Feumaidh mi, ars am bàrd, mo shaoghal fhìn a chumail dùinte. Chan eil tìde gu leòr agam 's air an adhbhar sin suidhidh mi aig mo dhasc 's cumaidh mi an saoghal air falbh bhuam. Ach a dh'aindeoin rùintean a' bhàird bha an saoghal a' tighinn a-steach. Anns a' gheamhradh bha e tighinn a-steach le uisge is fuachd is sneachd, 's anns an t-samhradh bha e tighinn a-steach le grian is teas. Tha mi ann an seo, bha an saoghal ag ràdh, chan urrainn dhut dèanamh a' chùis às m'aonais. 'S ann a bha an saoghal coltach ri nighean bhòidheach.

Ach turais eile bha an saoghal aosd is tiamhaidh. Bha e coltach ri cailleach le falt glas. Bha bàis anns an t-saoghal seo, bha tubaisdean ann. Bha fear a' fàgail le aodach an airm air, bha e dol a dh'Eirinn far an robh fuil is cath. Bha e tionndadh aig an airport 's a' bruidhinn, 's a' mhàileid 'na làimh, bha e fiachainn ri gàireachdainn. Bha eagal air: cha robh fhios aige dè bha dol a thachairt. Neo bha cailleach aosd 'na laighe air an leabaidh. Cha robh i tuigsinn dè bha dol air adhart, bha i 'g èigheachd ainm a peathar air a nighean. Chanadh i, Tha mi 'g iarraidh.... ach bha i air call cuimhne air ainm an rud a bha i 'g iarraidh. Neo bha i 'g ràdh, Cò an tè a bha siud a bha seinn shailm 'na mo rùm? Cha do dh'aithnich mi i.

O bha an saoghal a' tighinn a-steach dìreach mar gum biodh e briseadh uinneig. 'S bha am bàrd 'na shuidhe aig a dhasc ag èisdeachd airson guth às an adhar neo dealanaich à nèamh. Nach ann anns an t-sàmhachd seo a bhiodh bàird an còmhnaidh a' sgrìobhadh Ach cha robh guth a' tighinn mar a thigeadh chun na bàird mhòra air an robh na leabhraichean a-mach.

'S ann a bha e coltach ri ìomhaigh 'na shuidhe aig an dasc, a' feitheamh, ag èisdeachd. Co ris a bha e 'g èisdeachd, cha robh fhios aige. Ri guth a thigeadh à nèamh. 'S dh'fheumadh a pheann a bhith 'na làimh gach latha.

Aon latha thàinig an nighean seo chun an taigh. Bha i bòidheach ged a bha duslach an t-saoghail oirre. Chan eil ìomhaigh neo statue agaibh anns an talla, ars ise. Chan eil, ars esan. 'S thòisich i 'g innse sgeulachdan dha. Thubhairt am bàrd rithe, Chan eil againn ach an tobar ann an lios. An còrd sin riut? Tha an tobar fionnar gu leòr. Ach chan eil innte ach tobar nàdurrach. Nì i chùis, ars an nighean, is nigh i i fhèin anns an tobar agus dh'òl i am fìon nàdurrach a bh'anns an taigh.

Nuair a dh'fhàg i bha am bàrd an-fhoiseil. Co às a thàinig i. An ann às an Eadailt neo às a' Ghrèig. Cha robh fhios aige.

'S bha clann a' cluich air taobh a-muigh na h-uinneige. Bha fear beag le bàidhsagal buidhe aige, fear beag eile a' rànail, nighean a' caoidh. Bha bucais 'nan laighe air an talamh, bha pinseilean, dealbhan, 'nan laighe air an rathad. Cho grinn 's bha an saoghal. Ciamar a b'urrainn duine dealbh a dhèanamh air idir, idir. 'S bha am bàrd airson òrdugh a thoirt air an t-saoghal.

Agus 's ann airson an òrdugh seo a bha e caitheamh làithean aig a dhasc. Bha an t-òrdugh seo ann an àiteigein dìomhair. Cha robh fhios am faigheadh e grèim air idir. Bha an t-òrdugh seo ann an nèamh os cionn nèamh, bha e sàbhailte ann an àite àraid air choreigin.

Agus cha robh e sgrìobhadh càil. Cha robh teas no fuachd anns na nithean a bha crìonadh. Air cùl a-muigh na h-uinneig bha e cluinntinn guthan, bha iad a' bruidhinn air nithean àraid, ach cha robh na nithean seo a' drùdhadh air, cha robh iad co-cheangailte ris an àite ud anns an robh grinneas is riaghailt.

Bha pàipear a' ruith air feadh na gaoith, bha sgòthan a' ruith air feadh an adhair. 'S an dràsda 's a-rithist chitheadh e sgòth bheag gheal mar gum biodh i air chall anns an adhar. Neo tèile sgeadaichte ann an dearg.

Dh'fheumadh e suidhe aig a dhasc. Cha robh fhios nach cailleadh e an guth nam fàgadh e dhasc. Dh'fheumadh e bhith coltach ri saighdear a' dèanamh a dhleasdanas. Dh'innseadh an guth seo dha càit an robh grinneas is riaghailt, bha sin cinnteach. Bha e feitheamh ris fad a bheatha, 's ann bu chòir dha aodach geal a chur air coltach ri sagart.

'S cha robh an guth a' tighinn. Uaireannan bha e dèanamh ùrnaigh ach an cluinneadh e an guth. Bha e ga nighe fhèin gun sgur, a' cur aodach glan air, gus am biodh e deiseil airson a' ghuth nuair a thigeadh e. Ach cha robh an guth a' tighinn. 'S math-dh'fhaoite nach tigeadh e idir, gur e mealladh a bh'ann. 'S bha cheann a' fàs goirt a' feitheamh. Bha an goirteas a' bruthadh air a shùilean, cho làidir 's gum biodh iad a' sileadh. Bha e mar ìomhaigh 's a shùilean a' sileadh. Bha e cluinntinn coin a' comhartaich; carson nach eil iad a' stad. Bha e 'g iarraidh sàmhachd agus anns an t-sàmhachd thigeadh an guth ris an robh e feitheamh.

Tha mi dèanamh mo dhleasdanas, chanadh e, chan eil an còrr as urrainn dhomh a dhèanamh: ach cha robh an guth a' tighinn. Cha robh nèamh a' sgàineadh, ged a bha dealanaich is tàirneanach ann. Aon latha bha làmhan gorm leis an dealanaich, mar gum biodh miotagan electric air.

Bha diathan ann anns na làithean a thrèig, ach cha robh iad ann a-nis idir. Cha robh ann ach coca-còla, ice cream, pàipearan sgapte, càraichean briste, chocolates, duilleagan tea, copanan cardboard, Mars Bars, pacaidean fags, sin na nithean a bha anns an t-saoghal. Ciamar a b'urrainn don ghuth briseadh a-steach troimh na sgòthan sin. Agus cuideachd bha pleunaichean anns an adhar, rèidio a' dol gun sgur, videos a' sealltainn sgeulachdan oillteil. Ciamar a b'urrainn do ghuth briseadh troimhn truilleis a bha sin.

Agus bha a cheann a' fàs na bu ghoirt 's na bu ghoirt, bha e smaoineachadh gu robh e dol às a chiall. Ach cha robh e cluinntinn a' ghuth ged bha fhios aige gun aithnicheadh e e às a' bhad. 'S am pian a' fàs na bu mhiosa fad na tìde mar a bha e fiachainn ri riaghailt a chumail air an t-saoghal, anns an robh rhododendrons, clematis, O, iomadh flùran, agus iomadh ainmhidh cuideachd.

Aon latha sheall e ris an uinneig. Bha rudeigin air a bhriseadh. Cha robh fhios nach e leanabh a rinn an toll anns an uinneig neo pleuna a' dol seachad. Ach co-dhiù, bha an toll a' fàs na bu mhotha; mu dheireadh cha robh uinneag ann neo glaine.

Agus anns a' mhionaid dh'fhàg am pian e, bha e faireachdainn toilichte. Dh'aithnich e gur e seo an guth ris an robh e feitheamh, nach b'e aon ghuth a bh' ann ach milleanan de ghuthan, nach robh òrdugh neo riaghailt ann idir, 's gur e seo armachd an t-saoghail, armachd Dhè, botail coca-còla, Mars Bars 's an còrr. 'S gu robh iad a' sruthadh mun cuairt air, 's gu robh iad naomh, naomh.

Agus gu robh an guth a' tighinn thuige, gu robh e cluinntinn a' ghuth, 's gu robh an nighean ud a' tighinn a-rithist 's a' gàireachdainn ris, 's gu robh a craiceann donn leis a' ghrèin, 's gu robh duslach air a h-aodann 's gu robh i gnogadh aig an doras, 's i ag ithe chocolate, 's a fiaclan a' lasadh anns a' ghrèin, 's an geata cuideachd a' lasadh le solas, 's na sgòthan a' falbh air feadh an adhair, 's fàileadh bòidheach a' tighinn a-steach air an uinneig, 's an typewriter a' fàs uaine coltach ri lus, 's an dasc a' cur a-mach spògan uaine ann an latha a bha coltach ri lus 's cha b'ann ri daoimean idir.

An Fhìrinn

Tha aon rud cinnteach, tha mi an còmhnaidh a' dol a dh'innse na fìrinn do mo chlann. 'S air an adhbhar sin tha mi air cantainn riutha mar tha nach eil Santa Claus ann: carson a gheibheadh iad gibhtean air nach eil iad airidh. Chan eil anns an Nollaig, thubhairt mi riutha, ach sgeulachd airson prothaid. Agus ciamar a b'urrainn do Santa Claus a thighinn a-nuas similearan le baga air a ghualainn. Chan eil càil coltach ris an fhìrinn: tha cus bhreugan air feadh an t-saoghail mar tha. Seall an dràsda ri boireannach às a' bhaile againn fhìn. Tha i ag ràdh gu robh i ann an Alaska agus air safari ann an Kenya, gun do choinnich i uair ri Lawrence Olivier, 's gum bi i dol gu dotair ann a Harley St. ma bhios càil sam bith ceàrr oirre. Agus tha i cur a-mach nam breugan sin mar gum b'e an fhìrinn a tha air a teanga.

Cuideachd, ma sheallas sibh gu geur air cùlaibh aodach Santa Claus, chì sibh fear air a bheil sibh eòlach, their mi ri mo chlann. 'S mas ann à Lapland a tha e, carson a tha e bruidhinn Beurla, neo Gàidhlig.

Uill, cha do chreid iad tuilleadh ann a Santa Claus. Bheir mi fhìn dhuibh gibhtean ma tha sibh airidh orra, their mi riutha. Agus tha aon rud cinnteach, chan fhaigh sibh gibhtean anns an t-saoghal a tha seo mar a h-eil sibh airidh orra. Nach eil sin ceart?

Tha, ars iadsan.

Bha iad a' sealltainn rium le sùilean fìrinneach.

Ceart, arsa mise, agus a-rithist, Ceart.

Cha d'fhuair mi fhìn a riamh aon ghibht air nach robh mi airidh. B'fheudar dhomh mo shlighe a dhèanamh troimh 'n t-saoghal chorrach a tha seo gun chuideachadh, 's air an adhbhar sin tha cho math dhuibh-se faighinn a-mach nach eil Santa Claus ann, 's nach eil cobhair sam bith a' dol a thighinn às an adhar.

Agus chreid iad mi.

'S ma dh'innseas mi sgeulachd sam bith dhaibh canaidh iad, An dùil a bheil

sin fìrinneach. Agus nuair a dh'fhàg mo bhean mi thubhairt iad rium, Chan eil sinn a' smaoineachadh gu robh gaol agad oirre idir. (Seach gun do ruith i air falbh le fear eile chùm mi mo chlann).
    Bha gaol agam oirre, arsa mise riutha.
    Ach cha do chreid iad mi. Chuir seo fearg orm ged nach b'urrainn dhomh càil a dhèanamh mu dheidhinn.
    Agus bhithinn ag ràdh riutha cuideachd nach robh Jack neo Jill ann, nach robh Snowwhite ann. Neo Aladdin. Neo làmpa draoidheil.
    Chan eil anns na nithean sin ach amaideas, thubhairt mi riutha. Ciamar a b'urrainn do làmpa beartas a thoirt do dhuine sam bith.
    Agus dh'aontaich iad leam.
    Nuair a dh'fhiach mo bhean tilleadh thugam (an dèidh do a fear bàsachadh) thubhairt mi rithe nach b'urrainn dhomh le fìrinn a toirt air ais.
    Dh'fhiach i ris a' chlann a thoirt bhuam ach dh'innis mi an fhìrinn anns a' chùirt agus chùm mi iad ga h-aindeoin.
    'S e accountant a th'ann an Iain agus dotair ann a Shirley.
    Bidh mi uaireannan a' fàs sgìth dhiubh oir chan eil dath sam bith air an còmhradh. An dè fhèin bha mi 'g innse dhaibh mu dheidhinn nighean a bhàsaich leis an deoch. Cha robh i ach còig deug, arsa mise. Chunna mi an naidheachd anns a' phàipear. Chan eil sin ceart, arsa Shirley, bha i sia bliadhna deug. Agus nuair a bha sinn bruidhinn air cìs, chuir Iain ceart mi.
    Nuair a dh'fhàg iad, bha mi faireachdainn tinn. Goirteas 'na mo stamag. Tha mi nis anns an ospadal far a bheil mòran dhaoine de'm aois fhìn. Innis dhomh dè tha ceàrr orm, arsa mise ris an dotair.
    Cha robh e airson sin a dhèanamh, ach chùm mi orm.
    Tha cansar, ars esan mu dheireadh.
    Agus chaidh gaoir tromham an coinneamh na fìrinn ud.
    Thàinig Shirley is Iain a shealltainn orm.
    'S e dotair a th'annad-sa, arsa mise ri Shirley. Dè cho fada 's a th'agam?
    Sia mìosan, ars ise.
    A bheil thu cinnteach, arsa mise.
    Tha, fhreagair i.
    'S bha a sùilean neo-chealgach.
    Fad na h-oidhche sin bha mi bruadrachadh mu dheidhinn mo mhàthar. Shaoil mi gun tàinig i steach don ward ann an aodach dearg is i a' cluiche fidheall.
    Ach 's e bhreug a bh'ann.
    Ann an còig mìosan thubhairt iad rium gu faodainn an ospadal fhàgail nan

gabhadh cuideigin mi. (Cha b'urrainn dhaibh an còrr a dhèanamh air mo shon).

Chan urrainn dhomh do ghabhail, arsa Shirley. Chan eil agam ach an aon rùm-cadail. Agus co-dhiù, tha mi 'g obair fad an latha. Agus thubhairt Iain an aon rud.

Thubhairt tè de na nursaichean gur e nighean bhòidheach a bh'ann de Shirley. Chan e, arsa mise.

Tha fear anns a' chòrnair mu mo choinneamh anns a ward, 's bidh e sgriachail gun sgur ris na nursaichean agus a' gearain an còmhnaidh. B'fheàrr leam gun dùineadh e a bheul. Tha mi airson mo mhàthair fhaicinn a-rithist ann an gùn dearg, le copan bainne 'na làimh, oir tha am pathadh orm gun sgur.

Nuair a dh'fhàg Iain agus Shirley, thubhairt mi riutha nach robh mi airson am faicinn tuilleadh.

Tha sinn a' tuigsinn, ars iadsan.

Bidh mi smaoineachadh glè thric air m'athair. An oidhche bha seo thàinig e steach 's an deoch air.

Dè thug d'auntie dhut an turas seo, ars esan.

Thug mo mhàthair sùil air, ach dh'aithnich mi anns a' bhad nach robh Santa Claus ann, 's gur e m'auntie a thug na gibhtean dhomh a bha crochte ris a' chraoibh.

Ach bidh mo mhàthair a' tighinn thugam glè thric le copan bainne 'na làimh, agus gùn dearg oirre. An toiseach cha robh mi a' gabhail a' bhainne, cha robh mi airidh air. Ach tha mi smaoineachadh gun gabh mi e fhathast ma sguireas an duine ud a' sgriachail.

Tha mi cinnteach gum bi mi airidh air fhathast.

Agus thuit mi 'na mo chadal.

Agus chuala mi sporghail air feadh an dorchadais anns a ward.

A' Chluas

Bha sgeulachdan àraid aig fear an tacsaidh ri innse dhomh 's mi air mo shlighe gu Stèisean Sràid na Bànrigh.

An oidhche bha seo thàinig fear a-steach dhan tacsaidh agam, 's nuair a bha sinn a' dràibheadh, tha mi smaoineachadh gu Byres Rd., chunna mi fear 'na sheasamh am meadhon an rathaid, 's neapaigear ri lethcheann. Stad mi an tacsaidh 's dh'fhaighnich mi dha càit an robh e dol. Thubhairt e gu robh e dol don ospadal 's am b'urrainn dhomh a thoirt thuice. Uill, seach gu robh mi dol don àite seo co-dhiù, dh'aontaich mi gun tigeadh e steach.

A-nise chunna mi anns an sgàthan gu robh a' chiad fhear a' cumail air falbh bhon dàrna fear, agus aodann a' fàs geal. Co-dhiù chuir mi a' chiad fear sìos 's thug mi am fear eile don ospadal. Nuair a thàinig e mach às an tacsaidh chunna mi gu robh fuil a' dòrtadh sìos a lethcheann. Chunnaic e gu robh mi seallatainn ris 's thug e an neapaigear air falbh 's nach ann a bha a chluas am broinn an neapaigeir. Cha mhòr nach do dh'fhanntaig mi far an robh mi.

Co-dhiù chaidh e steach don ospadal 's lean mi e oir bha mi eòlach air an ospadal 's bha mi airson faicinn dè thachradh.

Nuair a bha am boireannach aig an dasc ga cheasnachadh, chuir e chluas sìos air an dasc air a beulaibh fhads' a bha i lìonadh a-mach pàipear 's bha i seallatainn ris a' chluais an dràsda 's a-rithist le iongnadh.

Dh'fhaighnich i dheth dè thachair 's chuir e chluas slàn gu claisneachd.

Bha mi aig pàirtidh, ars esan, ann an Glaschu seo fhèin, 's nach ann a bha sabaid eadar mi fhìn 's mo bhràthair-cèile, 's bhìd e mo chluas. Cha robh mo bhean airson stad a chur air a' phàirtidh 's thug i dhomh nota 's thubhairt i rium tacsaidh a ghabhail don ospadal. Agus sin dìreach a rinn mi.

Nach robh sin a-nise àraid ach 's e a bha cur an uabhais bu mhotha orm mar a bha a' chluas 'na laighe air beulaibh a' bhoireannaich a bha lìonadh a' phàipeir, mar gum biodh a' chluas ag èisdeachd rithe.

Tha mi smaoineachadh gur e sin càil cho àraid 's a thachair rium. Ach turas eile cuideachd bha mi toirt an fhear seo dhachaigh aig dà uair sa' mhadainn. Bha e coimhead car àraid mar gu robh e air drugaichean 's a shùilean a' lasadh 'na cheann. Nuair a stad an tacsaidh thubhairt e rium nach robh airgead aige, agus gun deidheadh e steach don taigh air a thòir. 'S e oidhche bhrèagha a bh'ann le solas na gealaich làidir. Ann an ceann ùine thàinig e mach às an taigh – bha mise gabhail cuairt bheag 's mi feitheamh ris – 's dè bh'aige 'na làimh ach claidheamh. Thug e ionnsaigh orm leis a' chlaidheamh ach gu sealbhach dè bh'air mo chùlaibh ach feansa, agus shlaod mi post às an talamh – post meirgeach cuideachd – 's bha an dithis againn a' sabaid le ar dà chlaidheamh ann an solas na gealaich. Co-dhiù nach ann a thuit e – tha mi creidsinn gu robh an deoch air cuideachd – thug mi dhà buille, oir tha mi gu math tapaidh mar a chì thu, 's thug mi an t-airgead às a' phòcaid, 's le sin chaidh mi air ais don tacsaidh 's rinn mi air Glaschu.

As t-samhradh cuideachd bidh mi toirt a' chailleach bheag a tha seo air feadh Alba airson cealla-deug. Tha i gabhail tacsaidh gach mìle a shiùbhlas i. 'S ann à Ameireaga a tha i 's bidh i tilleadh do Ghlaschu gach bliadhna. Tha i uabhasach beag 's bidh i 'g innse dhomh mu dheidhinn a h-òige. Nuair a stadas sinn an àite sam bith bidh i gam thoirt còmhla rithe airson copan tea, 's bidh mi faighinn mo bhiadh cuideachd. An latha bha seo stad i aig bùth-phàipearan, 's cheannaich i pàipear. Tha mi creidsinn nach robh e cosg barrachd air fichead sgilling. A-nise thug i dhà nota 's fhuair i can tri fichead sgilling air ais an àite trì fichead 's a deich. Chaidh i steach don bhùth a bha seo 's thubhairt i ris an duine gu robh deich sgilling a dhìth oirre. Bha argamaid mhòr aca 's esan a' cumail a-mach gun tug e 'n t-airgead ceart dhi. An dèidh sin thàinig i steach don tacsaidh, 's i mionnan beag leatha fhèin. Tha mi creidsinn gu robh i caitheamh mìle nota co-dhiù air tacsaidhean 's bha i cumail a-mach airson an deich sgilling ud.

Càit a bheil dùil riut fhèin? An t-Oban. 'S e àite brèagha tha sin.

Thug mi fear air ais don Oban uair 's bha e 'g innse sgeulachd mu dheidhinn fhèin. 'S e fear àrd tapaidh a bh'ann 's bha airgead gu leòr aige. Nuair a bhàsaicheas mise, ars esan, bidh fèileadh orm anns a' chiste-laighe. 'S mo bhonaid gorm cuideachd, 's ite ann. Ach tha eagal orm gun tiodhlaic iad beò mi. 'S air an adhbhar sin dh'fhàg mi òrdugh gun gearradh mo dhotair m'fhèithean airson dèanamh cinnteach gu bheil mi marbh.

Bha e cur mach mar sin fad na tìde ach nuair a ràinig sinn an t-Oban thug e airgead math dhomh. Cuimhnich, ars esan, gun dèan thusa an aon rud. Chan eil fhios am bi thu marbh idir. Agus rud eile, ars esan, tha mi airson gun cluich iad "Bridge over Troubled Waters" os mo chionn.

Chòrd am fonn ud rium a riamh.

A bheil fhios agad, arsa fear an tacsaidh, gur ann anns an Oban a bha mi air mo honeymoon. Tha tùr mòr ann, nach eil, 's cha do chrìochnaich iad e a riamh.

'S e seo sinne a-nise. Chòrd do chòmhradh rium glè mhath. Bidh sin a-nise trì notaichean. O, tapadh leat, tapadh leat.

Nuair a chaidh mi steach don stèisean bha mi coimhead 'nam inntinn a' chluas 'na laighe air an dasc ag èisdeachd gun sgur. Gun sgur ag èisdeachd. Ged a bha i sruthadh le fuil.

Danns a' Chlaidheimh

Tha mi coimhead an nighean, tha mi creidsinn nach eil i barrachd air ceithir bliadhna deug, a' dèanamh Danns a' Chlaidheimh. Tha fèileadh oirre, fèileadh dearg, is seacaid dhubh le putanan airgeid oirre. Tha am pìobaire a' cluich 's tha ise a' sealltainn ris an dà chlaidheamh a tha tarsainn air a chèile. Tha mi toirt sùil air a casan, tha iad cho sgiobalta, 's i cumail air falbh an toiseach bhon dà chlaidheamh.

Air a cùlaibh tha stèids, 's os cionn na stèids tha bratach leis na facail, An Comunn Gaidhealach, sgrìobhte oirre. Tha an talla aosd, tha am bratach fhèin aosd, 's chan eil an fheadhainn anns an talla uabhasach òg iad fhèin. Tha strainnsearan 'nam measg oir bidh feadhainn a-tighinn chun an talla air bus à taigh-òsd a tha an ìre mhath faisg.

'S e fear mòr reamhar a th'anns a' phìobaire. Tha aodann dearg air, agus saoilidh mi gu bheil giorrad analach air cuideachd. Tha mionach mòr air, 's crios dubh tarsainn air a mhionach. Tha e 'na sheasamh anns an aon àite an-dràsda ged a bha e màrsail roimhe seo, le ceum aotram bho cheann gu ceann an talla.

Feasgar an-diugh fhèin bha mi aig na geamannan Gaidhealach anns a' bhaile, 's bha mòran chlann-nighean a' danns, 's an aon phìobaire cha mhòr a' cluich fad an latha.

Bha rèisean ann cuideachd, 's teantaichean air feadh na faiche, a' reic shiùcairean, aodach, leann, 's mar sin air adhart. Chunna mi balach cuagach a' fiachainn am pòla sleamhainn a dhìreadh: ged a bha e tuiteam gun sgur bha e leantainn air. Bha clann cuideachd a' bualadh a chèile le cluasagan.

Tha an nighean leis an fhalt dhubh a' danns fhathast. Tha am pìobaire a-nis a' cluiche nas luaithe 's tha a casan fhèin a' dol nas luaithe. Tha i a' danns air feadh nan ceathramhan a tha an dà chlaidheamh a' dèanamh. Tha i air a corra-biod 's tha an ceòl a' fàs nas luaithe 's nas luaithe.

Nam biodh lainn bhiorach air na claidheamhan mar a bha uair nuair a bhiodh na Gàidheil a' sabaid, dè thachradh do a casan? Chan eil fhios nach deidheadh an gearradh. Roimhe seo bha sinn ag èisdeachd ri òrain, òrain mu dheidhinn Muile 's mu dheidhinn an t-slighe a dh'fheumas sinn a ghabhail mus ruig sinn na h-eileanan. Agus 's e slighe fhada a tha sin.

Cho luath 's tha a casan a' dol, cho sgiobalta 's cho grinn 's a tha i, mo nighean Ghaidhealach. Cho brèagha 's a tha i cuideachd. Tha a màthair an seo ga coimhead le pròis agus ann an sia bliadhna 's math dh'fhaodte gum bi i fhèin pòsda, 's clann aice. Tha i buannachd mòran dhuaisean aig na fèisean, copain is eile.

Bha cunnart anns na claidheamhan uair ach chan eil a-nis. Tha an luchd-turais uabhasach toilichte seo fhaicinn. Thèid iad air ais, 's canaidh iad, Chunna sinn an nighean seo a' danns agus bha dà chlaidheamh aig a casan 's bha i cho sgiobalta cha mhòr gun creideadh tu e. Cha robh sinn a' tuigsinn nan òran ach tha sinn eòlach air danns.

Mus do thòisich an nighean rinn i beic ris an t-sluagh bha mu coinneamh. Agus chòrd seo riutha, bha iad a' faireachdainn coltach ri uaislich. Càit am faic thu nighean a' dèanamh beic riut an-diugh? 'S ann a shadadh i clach ort, 's ann a ghoideadh i airgead às do bhaga. Tha iad cho modhail air a' Ghaidhealtachd, nach eil? 'S an ceòl aca cho ciùin, 's cho fonnmhor. Air mo shon fhìn, bidh mi tighinn an taobh seo gach bliadhna, 's caomh leam tìr a tha falamh, far am faod thu gluasad, far a bheil na daoine coibhneil.

Tha i dìreach mar isean air a corra biod, cho grinn, cho maiseach. Tha dùil againn a-màireach a dhol don Eilean Sgitheanach.

O tha i air sgur, tha i toirt beic eile dhuinn, tha i tionndadh 's ruith air falbh bhon stèids. Tha i nis a' bruidhinn ri a màthair mar gum biodh i faighneachd dhi, Dè mar a rinn mi? 'S tha mi cinnteach gu bheil a màthair a' toirt freagairt choibhneil dhi.

Feumaidh e bhith gur e daoine àraid a bh'anns na Gaidheil. Ciamar a smaoinich iad air an seòrsa danns ud? Tha mi creidsinn gum biodh daoine, fireannaich, ga dhanns uair. Ach 's e clann-nighean a tha ga dhanns an-diugh, clann-nighean a tha fhathast anns an sgoil.

Tha fear a-nise a' dol a chluich air fidheall. Chan eil mi smaoineachadh gur e ainm Gaidhealach a th'air.

Ach chan eil e cho math ris an nighinn ud. Bha i cho òg, cho liugach, cho solta.

Agus 's e rud àraid a tha sin, feadhainn a' danns eadar dà chlaidheamh. 'S an-diugh fhèin bha fear mòr tapaidh a' sadail cabar mòr suas don adhar. Duine mòr tapaidh le feusag air. 'S am balach cuagach ud a' fiachainn ris am pòla dhìreadh. Cha do shoirbhich leis gu buileach.

'S chunna mi balach ann a' fèileadh gorm, is bonaid gorm air, is stocainnean gorm; coltach ri isean neònach.

Ach bidh mi smaoineachadh air an nighean ud. Dè thachras rithe? An dùil an cùm i air falbh bhon dà chlaidheamh, an dùil am pòs i, an dùil am bi clann aice fhèin. Oir chan eil an saoghal seo furasd do dhuine sam bith an-diugh, chan eil gu dearbha.

Ach chan eil fhios nach bu chòir dhuinn a dhol don Spàinn neo Yugoslavia an ath bhliadhna. Tha dannsan is òrain acasan cuideachd.

Ach tha mi cinnteach nach tèid an nighean ud às mo chuimhne 's i sealltainn sìos ris an dà chlaidheamh, 's i cho sgiobalta, cho grinn, cho aotram air a casan, coltach ri isean nach bàsaich.

Boireannach Àraid

'S e boireannach àraid a bh'innte. Bha i fuireachd 'na h-aonar ann an taigh mòr geal. Nuair a bha an duine aice beò bhiodh e tighinn don taigh againn a ghabhail smoca oir cha leigeadh i dha smocadh.

Bha e uair ag obair air an railway 's chanadh i, Chan eil Murchadh uabhasach tùrail ach tha e dèanamh a dhìcheall.

Nuair a bhàsaich e, bhiodh i cur fòn chun na daoine anns a' bhaile ag ràdh, Ma ghabhas sibh a-steach mi, fàgaidh mi an lota agaibh. Tha mi cho aonaranach. Uaireannan, bhiodh i gabhail fois 's i tighinn air ais bhon Phost Oifis, 'na suidhe air na rèilichean is trèana a' tighinn. Bhiodh muinntir a' bhaile a' cur fòn chun a' phoileas gus an tigeadh e 's gun togadh e air falbh i bho na rèilichean. Chan eil fhios 'am dè tha ceàrr, chanadh i ris, cha robh mi dèanamh càil ach a' gabhail anail.

Nuair a bhàsaich an duine aice 's a bhiodh àm buain a' tighinn bhiodh i a' toirt a leabaidh oirre 's a' leughadh leabhraichean mu chreideamhan àraid. Aon turas 's i 'na leabaidh thàinig am ministear a shealltainn oirre 's rinn e copan tea dhi. Dìreach nuair a bha e a' fàgail thubhairt i, Cha do rinn thu feum sam bith dhòmh-sa. Cha robh thu 'g iarraidh càil ach tea. Thòisich i an uair sin a' lorg a-mach Jehovah's Witnesses is na Bahai.

Nuair a bhàsaich m'athair-cèile chuir i fòn gu a bhanntrach ag ràdh, Chaidh Crìosd a cheusadh ach cha deach Alex a cheusadh. Dè 's coireach ri sin? Neo chuireadh i fòn ag ràdh, Rinn Iùdas brath air Crìosd, ach cò rinn brath air Iùdas? Innis sin dhomh.

'S bha i fuireachd 'na h-aonar 's nan deigheadh duine a shealltainn oirre chanadh i, Ma thig sibh a dh'fhuireachd còmhla rium fàgaidh mi an lot agaibh. Aon turas chuir i fòn gu mo bhean ag ràdh, Am b'urrainn dhut m'fhalt a sgioblachadh. (Bha an duine aice beò aig an àm). Tha agam ri dhol don ospadal. Nuair a chaidh mo bhean suas bha i 'na suidhe air cathair agus a ceusaichean deiseil air an làr.

Thubhairt mo bhean rithe, Ma thèid thu don ospadal bheir sin beagan fois do Mhurchadh. Le sin leum i mach às a' chathair agus thubhairt i, Chan eil mi dol don ospadal a-rèisd. Carson a gheibh Murchadh fois? 'S nuair a thàinig an ambulance dhiùlt i dhol don ospadal.

Nuair a bha e mun cuairt air fichead bha a mac a' dol a phòsadh Pàpanach. Mach à seo, thubhairt i ris. Tha mi air do cheus a sgioblachadh, tha e anns an lobaidh. 'S le sin dhùin i an doras air. Cha do thill e don taigh tuilleadh. Tha tè às a' bhail' againn 's tha mac aice ann an Eirinn. Na biodh e cur iomagain sam bith ort, chanadh i ri mhàthair. Seallaidh Dia às a dhèidh. Bidh thusa 'g ùrnaigh ri Buddha. Seallaidh Buddha às do dhèidh 's às dèidh do mhac. Cha robh mi fhìn a riamh ann an Eirinn ach tha fhios am co ris a tha e coltach. 'S e àite salach a th'ann 's daoine a' falbh air fheadh le eich is cairtean. Taing do Dhia gu bheil trèanaichean is busaichean againn an-diugh. Tha na h-Eireannaich cho fad air ais, tha iad a' creidsinn ann an leprechauns. Smaoinich thusa air sin. Chan aithne dhaibh fiù hoover a chleachdadh.

'S e Black Foot am farainm a thug a' chlann oirre. An turas a bha seo bha mo bhean, nuair a bha i 'na leanabh, is clann eile, ag èigheachd às a dèidh. Thàinig i chun an dorais 's thubhairt i ri seanmhair mo mhnatha, bu chòir dhut leataraigeadh a thoirt dhaibh. Nuair a dh'fhalbh i thubhairt mo sheanmhair ris a' chloinn, Thigibh a-steach an seo 's leigibh oirbh gu bheil mise gar bualadh. 'S thòisich iad a' sgriachail ged nach robh càil ga dhèanamh orra. Mhair i gu robh i cethir fichead bliadhna 's a deich.

Nuair a bha i anns a' Home bhiodh i dìreadh nam ballachan gus a faigheadh i dhachaigh.

Chan eil duine anns a' Home seo a leugh Ouspensky, chanadh i. Chan eil iad a' dèanamh càil fad an latha ach a' sealltainn ri TBh. Ged a bha mi aonaranach aig an taigh tha mi nas aonaranaiche anns an àite seo.

Aon turas 's iad air a cur dhachaigh às a' Home chaidh mi a shealltainn oirre. Chunna mi Murchadh an raoir, ars ise. Thàinig e chun an dorais. Bha feadag aige 's deis an railway air. Thòisich e sèideadh na feadaig, 's chuala mi an trèana seo a' tighinn. Anns a' mhionaid cha robh sgeul air, chaill mi e anns a' cheò. Bha fag 'na bheul 's thubhairt mi ris nach bu chòir dha bhith smocadh. Ach rinn e gàire fhanaideach 's chaidh e à sealladh. Nach robh sin a-nise àraid. A bheil thu smaoineachadh gu bheil am Buddha a' feitheamh ruinn aig stèisean air choreigin?

Feumaidh e bhith gu robh i gu math làidir oir cha robh i 'g ithe mòran. Ma dh' itheas tu tòrr feòil, chanadh i, fàsaidh d'eanchainn tiugh. Air mo shon fhìn, tha m'eanchainn gu math geur fhathast. A bheil fhios agad dè tha mi dol a dhèanamh? Tha mi dol a thoirt mo chroit do na Jehovah Witnesses. 'S iadsan an aon fheadhainn a bhios a' tighinn a thadhal orm, ged nach urrainn dhaibh innse dhomh carson a bha Dia cho dona do Chain. Dè rinn Cain air co-dhiù?

'S e àm na buain a bh'ann nuair a bhàsaich i 's am baile a' coimhead uabhasach bòidheach le ròsan is rhododendrons.

An dèidh an tiodhlaicidh bhithinn a' sealltainn ris an taigh aice 's a' smaoineachadh gu robh i fhathast beò. Bha mi cluinntinn a guth 's i ag ràdh, Cò chuir iad anns an talamh seo, an truaghag bhochd. Chan eil fhios 'am an robh mòran agam mu dheidhinn. Ach bha i fàs cuagach aig an deireadh 's bha a falt liath. 'S thuit i turas neo dhà. Cha do dh'innis duine dhi nach robh am Buddha ri fhaicinn anns an t-saoghal seo.

Chuala mi an trèana a' seinn 's i a' dol seachad. Shaoil mi gu robh Murchadh fhathast air a' phlatform 's gu robh i fhèin air an trèana ag èigheachd ris. Tha thu cho leisg, carson a tha thu nad sheasamh an sin? Chan eil fhios nach eil thu 'na do chadal. Bha a ceann a-mach air an uinneig 's bha i òg 's a falt bàn is fada. 'S bha Murchadh a' sèideadh smoc às a bheul, am-measg nan rhododendrons. Leum e mu dheireadh air an trèana 's chunna mi an dithis aca aig an uinneig a' toirt sùil a-mach.

'S dh'èigh an dràibhear, Cò tha siud 'na suidhe air na rèilichean. 'S bha ise agus Murchadh a' gàireachdainn 's an trèana a' dol na bu luaithe.

'S bha Jehovahs Witnesses 'na seasamh aig an doras a' coimhead na croite a dh' fhàg i aca.

Màiread

Nuair a thill iad dhachaigh à Glaschu cheannaich iad taigh mòr geal le lios mòr air a bheulaibh. Cha robh dìth airgid orra oir bha Murchadh air a bhith 'na phoileas 's e air inbhe Superintendent a ruighinn. 'S e an aon rud a-riamh a chuir faileas air am beatha nach robh clann aca.

Bha i uabhasach toilichte leis an taigh, agus bha Murchadh toilichte cuideachd oir bha e faisg air a' mhuir 's bha e dèidheil air iasgach.

Tha seachd rumannan ann gu lèir, ars esan rithe.

Thug iad am piàno dhachaigh leotha agus an àirneis bh'aca anns an taigh eile a bha air Great Western Road. Air latha brèagha samhraidh bha i 'na suidhe anns an lios air cathair, a' ghaoth bhlàth a' togail a fuilt, 's Murchadh le a shlat iasgaich shìos aig a' chreagach.

Agus chual i am piàno a' cluich.

Chuir seo eagal uabhasach oirre oir bha i cinnteach nach robh aon duine am broinn an taigh. Gu critheanach dh'èirich i às a' chathair 's chaidh i steach don rùm ach cha robh duine 'na shuidhe aig a' phiàno, 's bha e fhathast 'na chèis mar thàinig e. Cha chual i an ceòl tuilleadh an latha sin.

Nuair thàinig Murchadh dhachaigh le cudaigean dh'innis i dhà dè thachair.

Feumaidh e bhith gun do thuit thu 'na do chadal, ars esan rithe. Bha e àrd tapaidh liath, 's bha an dithis aca air a bhith pòsd airson deich bliadhna fichead.

Chan eil rian nach eil thu ceart, ars ise. Chan eil rian nach e bruadar a bh' ann.

Nach i a tha coimhead geal, arsa Murchadh ris fhèin. 'S math dh'fhaodte nach robh còir againn a thighinn dhachaigh.

An oidhche sin fhèin chaidh iad a chèilidh air càirdean dhaibh ach cha do bhruidhinn iad idir air a' phiàno, ach dh'fhaighnich Anna anns a'ghuth-thàmh:

Cò bh'anns an taigh a cheannaich sinn?

Cha robh ann ach cailleach a bha fuireach 'na h-aonar, arsa Tormod 's e cur a-mach Cinzano dhi: oir cha robh Murchadh ag òl. Carson a tha thu faighneachd?

O chan eil airson càil, ars Anna.

Nuair chaidh i-fhèin is Murchadh dhachaigh bha a' ghealach àrd geal anns an adhar agus an taigh sàmhach. Ach bha e coimhead àraid anns an t-solas gheal ud mar gum biodh e feitheamh, agus thubhairt i seo ri Murchadh.

Isd òinnsich, ars esan. Chan eil càil ceàrr air an taigh. Bha fhios aice nach robh mac-meanmna sam bith ann am Murchadh – 's e sin bu choireach gur e deagh phoileas a bh'ann.

An ath latha a-rithist nuair a bha i còcaireachd anns a' chidsin agus Murchadh aig a' chreagach chual i am piàno a-rithist 's nuair chaidh i steach don rùm anns an robh e cha robh duine ri fhaicinn. Ach an turas seo dh'fhairich i fàileadh cùbhraidh anns an rùm. Nuair thàinig Murchadh dhachaigh cha do dh'innis i dhà gun cual i am piàno a' cluich.

B'e seo a' chiad sanas a chùm i bhuaithe 'na beatha.

Fad a bheatha bha e air a bhith sealg dhaoine air feadh Ghlaschu agus bha sin fhèin gu leòr dhà. Agus a-nise dh'fheumadh ise sealg an taibhs a bha cluich air a' phiàno, anns an taigh mhòr fhalamh ud. Bha a' ghrian air aodann Mhurchaidh a dhubhadh ach bha a h-aodann fhèin geal.

An latha bha seo 's i 'na h-aonar anns an taigh a-rithist chual i am piàno 's nuair chaidh i steach don rùm bha nighean bheag le dreasa phinc oirre 'na suidhe aig a' phiàno. Chaidh i null far an robh i agus thubhairt i rithe.

Cò thu?

Sheall an nighean rithe le sùilean cho gorm ri sùilean dola agus fhreagair i.

Màiread.

Màiread, arsa Anna. B'e Màiread ainm a màthar. Bha iad a' bruidhinn ri chèile airson ùine mhath nuair thàinig Murchadh a-steach.

Dè tha thu a' dèanamh an sin nad aonar, ars esan. An ann a' cluich air a' phiàno a bha thu?

Cha b'ann, ars ise. Dh'èirich i bhon t-seata air an robh i 'na suidhe agus thubhairt i:

An d'fhuair thu iasg an-diugh? Agus mar a b'àbhaist bha e air iasg a ghlacadh.

A bheil thu cinnteach gu bheil an taigh seo a' còrdadh riut? ars esan. Dh'fhaodadh sinn tilleadh a Ghlaschu ma tha thu 'g iarraidh. Ach bha i droch-nàdarrach anns a' bhad, ag ràdh, chan eil iarrtas sam bith agam a dhol air ais a Ghlaschu. Agus cha dubhairt e an còrr mu dheidhinn.

A h-uile latha a bha e aig a' chreagach bha i bruidhinn ri Màiread agus ag innse sgeulachd dhi. An latha bha seo, theireadh i, bha an nighean bheag seo a' coiseachd tro choille nuair chunnaic i am poileas seo anns an deise ghorm mu a coinneamh.

Agus dh'èisdeadh Màiread rithe gu cùramach, ach nuair chluinneadh i

Murchadh a' tighinn bha i teiche air falbh.

Dè fàileadh a th'anns an rùm seo? arsa Murchadh rithe, agus smaoinich i, 'S e poileas a th'ann. Carson nach fhairicheadh e am fàileadh?

Boltrach ùr a cheannaich mi, ars ise. Agus thug e sùil oirre mar nach biodh e ga creidsinn. O, ars ise rithe fhèin, nam biodh an dithis againn – mi-fhèin is Màiread – còmhla ri chèile a chaoidh....

An latha bha seo agus Murchadh air a bhith anns an taigh gun ghuth air fhàgail thubhairt i ris,

Nach eil a thìd agad a dhol a dh'iasgach.

Uill, ars esan, thàinig e steach orm gu robh mi gad fhàgail ro thric nad aonar.

Isd, amadain, ars ise, thalla thusa le do shlait. Tha mise ceart gu leòr far a bheil mi. Agus rinn e sin, a' toirt sùil oirre nuair dh'fhàg e.

Tha sinn a-nise nar n-aonar, ars ise ri Màiread. Tha e àraid gur e dreasa phinc a th'ort, oir 's e pinc an dath a b'àill le mo mhàthair. An dèidh dhi sgeulachd innse do Mhàiread thubhairt i rithe, An aithne dhut danns?

'S thòisich an dithis a' danns, air feadh an rùm. Tha mi'n dòchas, ars ise, nach fhàg thu mi tuilleadh. Agus bha eagal oirre gun tilleadh Murchadh, oir gach turas a bha e tilleadh bha Màiread a' fàgail.

Bha Murchadh math air a bhith glacadh dhaoine is èisg ach cha do ghlac e Màiread fhathast. Bha e nàdarrach gu leòr a-nise gum biodh Màiread còmhla rithe mar gum b'ann leatha fhèin a bha i. Ach am b'urrainn dhi a cumail mar phrìosanach anns an taigh mhòr ud?

Le làmh Mhàiread 'na làimh fhèin bha i falbh air feadh an taighe, 's i a' sealltainn na rumannan dhi. Seo an rùm agad fhèin, ars ise rithe, 's i a' fosgladh aon de na dorsan. Bha a cridhe gus briseadh air eagal nach còrdadh an rùm rithe.

Thàinig an smaoin a-steach oirre, Nan èireadh rudeigin do Mhurchadh, ach chaisg i an smaoin anns a' bhad mar gum biodh eagal oirre gu ruigeadh i inntinn Mhàiread.

An latha bha seo thòisich i ag argamaid rithe. Nach do dh'innis mi dhut nach robh còir agad am bùrn ud a chur air an làr? Agus bha i fiadhaich airson mionaid ach chaill i a fearg 's rug i air Màiread 'na gàirdeanan 's thòisich i sliobadh a fuilt.

Ach cha b'fhada a-nis gus an tilleadh Murchadh agus gus am fàgadh Màiread. A h-uile turas a bha i fàgail bha eagal oirre nach fhaiceadh i i tuilleadh.

Nuair thàinig Murchadh dhachaigh le gad èisg mar a b'àbhaist dhà thubhairt e, Dè am bùrn a tha sin air an làr?

O dhòirt mi e nuair bha mi nighe nan soithichean, fhreagair i.

Thug e sùil oirre ach cha dubhairt e an còrr airson mionaid. Am poileas ud leis an iasg marbh 'na làimh!

Chaidh e null far an robh i agus thubhairt e, Tha mi gad fhàgail nad aonar ro thric. Rinn mi an aon rud ann an Glaschu.

Thug i sùil ghaolach air agus thubhairt i,

Chunna mi an nighean bheag ud an-diugh fhèin, ars ise, agus làithean eile cuideachd.

Co ris a tha i coltach, ars esan.

Tha dreasa bheag phinc oirre, ars ise. Agus 's e ise a dhòirt am bùrn air an làr. Thubhairt mi rithe nach robh còir aice sin a dhèanamh.

Bha thu ceart, arsa Murchadh. Bha thu ceart gu leòr.

Thug i sùil air le iongnadh. Dè thubhairt thu, ars ise.

Thubhairt mi riut gu robh thu ceart gu leòr, fhreagair e. Ann an ceann ùine dh'fhaighnich i, A bheil thu creidsinn gu bheil an nighean seo ann?

Ma tha thu ga coimhead tha i ann, arsa Murchadh. Nach e bha coimhead sgìth is aosd, am poileas ud a bha gun sgìos.

Am poileas ud nach robh a' fàgail càil gun a rannsachadh.

Shuidh iad a-muigh anns a' ghrèin air cathraichean agus ise ag èisdeachd ach an cluinneadh i am piàno. Bha sàmhachd air feadh an domhain.

A-màireach, ars ise, feumaidh tu ionnsachadh iasgach dhomh.

Ceart gu leòr, ars esan. Bha e air a làmhan a nighe bhon fhuil. Anns a' mhionaid ud fhèin chuala iad am piàno a' cluich. Sheall i ris.

A bheil thu tighinn? ars ise.

Tha, ars esan. Chaidh iad a-steach don rùm. Bha Màiread 'na suidhe aig a' phiàno. Rinn i gàire riutha 's thòisich i ri cluich.

An Tobar

Tha a' chlann anns an lios a' sealltainn sìos don tobair a th'againn innte. An dràsda 's a-rithist tòisichidh iad a' slaodadh a' bhùrn a-mach às an tobair le peile a th'againn crochte air ròpa. Tha iad a' gàireachdainn 's a' còmhradh, tha an obair seo a' còrdadh riutha. Mun cuairt orra tha na craobhan 's na dìtheanan fo bhlàth, dearg is gorm is buidhe is purpur.

Gach madainn bhithinn a' dol air tòir a' bhùrn don tobair le dà pheile, oir bha dà pheile na b'fhasa an giùlan na aon. Bhithinn a' dol sìos troimh'n fheur fhliuch 's a' ghrian a' deàrrsadh anns an adhar agus fàileadh mìorbhaileach mun cuairt orm. Bha mi cas-rùisgte. An dràsda 's a-rithist bha mi cluinntinn comhartaich chon. Tha mi smaoineachadh uaireannan air an sgoil 's uaireannan eile air a' bhaile. Tha mi coimhead soitheach mhòr a' dol seachad air a' chuan. Tha an cogadh a' dol, tha na balaich às a' bhaile air fàgail, Rob is Yoker is mo bhràthair fhìn, 's iomadach fear eile. Nuair a sheallas mi a bhroinn na tobrach saoilidh mi gu bheil mi faicinn an aodannan. Tha iad air destroyers neo cruisers air feadh an t-saoghail.

An turas mu dheireadh a bha Rob aig an taigh thug e 'clup' dhomh. Thubhairt mi ris gun dèanadh an 'clup' a' chùis gu Diluain. Thug seo gàireachdainn air 's bha e 'g innse m'fhacail do mhòran eile anns a' bhaile.

Tha an tobar mar sgàthan far am faic mi am baile. Faisg air an tobair tha taigh dubh far a bheil seana bhoireannach a tha uabhasach reamhar a' fuireachd.

Bidh na balaich a' gnogadh air an doras aice, 's a' ruith air falbh. Tha tòrr chait aice anns an taigh, 's bidh i tighinn a-mach 's ag èigheachd às ar dèidh. Tha sinn a' ruith gu math luath air ar casan rùisgte.

Bidh an crodh uaireannan a' tighinn don tobair 's ag òl. Nuair a bhiodh an aimsir uabhasach teth bhiodh an tobar a' tiormachadh 's dh'fheumadh sinn a dhol don t-srùp a tha faisg air a' bhuth.

Tha mi cluinntinn uiseagan a' seirm os mo chionn. Chan eil fada bho fhuair mi nead uiseig air a' mhòintich leis na h-uighean beaga breaca innte.

An Tobar

An dè fhèin bha sinn a' falbh air feadh a' bhaile air lorg iarann airson a' chogaidh. Fhuair sinn einsean carbaid shìos anns an fhochann.

Chan eil fhios nach bi agam fhìn ri dhol don chogadh. Tha mo bhràthair anns an Nèibhidh 's an dràsda 's a-rithist bidh sinn a' faighinn litir bhuaithe ach chan eil fhios càit a bheil e.

An dè cuideachd dh'ith mi oraindsear. Chan eil fhios cuin a dh'ith mi fear mu dheireadh.

Tha an tobar an ìre mhath domhainn is sàmhach. Tha faileas an adhair an còmhnaidh a' dol seachad oirre. Uaireannan bidh pleunaichean a' dol seachad ach cha do thuit boma oirnn, fhathast co-dhiù.

Fhuaireadh fios bho chionn seachdain gun do mharbhadh Alex ann an Grianaig. Chan eil fhios ceart dè thachair ach thuit e air dòigh air choreigin. Tha phiuthar ag ràdh gu fac e taibhse nuair a bha e aig an taigh air 'leave' an turas mu dheireadh. Chunnaic e an taibhse seo aig còrnair an rathaid far am biodh na balaich 's a' chlann-nighean a'danns air oidhcheannan foghair. Thàinig e steach don taigh 's bha aodann cho geal ri pàipear, ars ise. Bha fhios aige an uair sin....

Bhiodh Alex gar cuideachadh nuair a bhiodh sinn a' buain na mònach. Bha e mear is dibhearsanach: chan fhaic mi e tuilleadh.

Chan eil fada bho chunna mi Erroll Flynn anns an taigh-dhealbh. Bha e 'na philot 's a' cur às do na Japanese. Bha mi smaoineachadh gun còrdadh sin rium fhìn ach chan eil na balaich anns a' bhaile seo a' dol don RAF idir.

Nuair a sheallas mi domhainn anns an tobair chì mi sgòthan a' gabhail seachad. Nuair nach bi mise an seo idir bi iad a' dol seachad anns an aon dòigh.

Rud eile a fhuair sinn air a' chladach 's e òrd mòr. Chan eil fhios co dhà a bhuineadh e. Fhuair sinn speal cuideachd anns an dìg. A h-uile càil a tha seo tionndaidhidh an riaghaltas gu gunnaichean neo itealain neo selichean. Bha an speal a fhuair sinn car meirgeach ceart gu leòr.

Tha fhios'am gun buannaich sinn an cogadh seo. Chan eil fhios'am carson a tha mi cho cinnteach ach tha mi cinnteach. Gu h-àraid nuair a sheallas mi domhainn anns an tobair tha fhios'am nach fhaic mi aodann Gearmailteach innte. Tha bith uabhasach agam do na Gearmailtich, a tha cumail nan oraindsearan bhuam, 's na siùcairean, 's an t-silidh fhèin.

Tha a' chlann a' gàircachdainn 's a' scinn 's iad a' slaodadh a' bhùrn a mach às an tobair. Faisg air an tobair tha 'gnome' aca, fear dearg le speal 'na làimh. Tha bonaid dearg air cuideachd, 's e 'na shuidhe am-measg nan craobh. Tha gach nì fo bhlàth, an t-adhar cho gorm 's an latha cho teth, 's chan eil sgòth ri faicinn. Tha a' bheinn soilleir air ar cùlaibh, 's chì sinn Loch Eite air fad. Tha a' chlann a-nise a' sadail a' bhùrn air a chèile 's a' sgriachail. Tha craobh le blàthan geala a' lùbadh tarsainn air an tobair.

Tha cailleach reamhar a' tighinn a-mach às an taigh dhubh le gràisg chait air a cùlaibh, 's tha na cait tana mar nach biodh iad a' faighinn mòran biadh. Tha a casan uabhasach reamhar le fèithean mòra gorm rim faicinn annta. Tha i ag èigheachd ruinn ach chan eil sinn a' cluinntinn na facail.

Tha seillean mòr reamhar a' dol seachad 's a' crònan beag leis fhèin anns a' ghrian.

Cha tig na Gearmailtich don tobair seo, tha sin cinnteach. Ged a mharbh iad Alex is Coinneach is Ruaraidh, tha fhios'am nach tig iad don eilean seo. Chan eil fhios'am air aon facal Gearmailteach ach Achtung ged a tha mi 'g ionnsachadh Fraingeis anns an sgoil. Cha chaomh leam Fraingeis oir chuir iad air ais mi bliadhna seach nach robh Fraingeis agam anns an sgoil ìosal. Agus cuideachd tha mo thidsear Fraingeis uabhasach tana, 's chan eil sinn a' dèanamh càil ach gràmar. Nan tigeadh na Gearmailtich cha b'urrainn dhuinn bruidhinn riutha. Agus cuideachd tha Alasdair Mòr a' cumail a-mach gu bheil na Gearmailtich tòrr nas fhèarr na na Fraingich. Tha na Fraingich mealltach, ach tha na Gearmailtich onorach, their e. Bha esan anns a' Chiad Chogadh mhòr.

Tha an tobar seo sàmhach 's am baile gu lèir sàmhach. Nuair a thèid mi don oilthigh bidh barrachd a' tachairt. Gabhaidh mi sìos na sràidean 'nam aonar 's chan aithnich duine mi.

'S e Murdag a tha sin. Tha i uabhasach dona leis a' chuing as t-samhradh. Tha i 'na seasamh air beulaibh a taighe, ann an aodach dubh 's i cho tana ri bioran. Tha a fear dona leis an t-siataig. Aon turas thàinig e chun an taigh againn aig còig uairean sa' mhadainn 's e air tòir fag. Thug mo bhràthair dha fag Turcach.

Tha an sgàthan seo cho ciùin, 's a' chlann a' gàireachdainn 's na cait fhiadhaich thana a' tighinn a-mach às an taigh dhubh. Tha a' chlann a' togail a' bhùrn às an tobair 's ga dhòrtadh air ais a-rithist. Tha iad a' leum sìos is suas leis an toileachas. Tha mi cur sìos nam peileachan oir tha mo làmhan goirt. Mu mo choinneamh tha mi coimhead soitheach mhòr a' seòladh air a' chuan. Chan eil fhios nach eil mo bhràthair oirre.

Sàmhachd, sàmhachd, ach a-mhàin gàireachdainn na cloinne, 's craobh mhòr gheal a' lùbadh tarsainn orra uile, 's boltrach ùr a' snàmh aisde air latha samhraidh.

Oidhche na Bainnse

Nuair a thàinig fear a' BhBC bha e faighneachd na ceistean àbhaisteach.

A bheil cuimhn' agad air làithean d'òige, 's mar sin air adhart. 'S bha i cur a-mach mu dheidhinn a turais gu Yarmouth is Lowestoft 's na bailtean eile nuair a bha i cutadh.

Bha ar làmhan cho goirt, a ghràidh, bha i 'g ràdh. Cho goirt 's gum b'fheudar dhuinn clobhdan a chur orra. 'S aon turas 's sinn air an trèana nach ann a shlaod Iseabail NicLeòid an communication cord 's nuair a thàinig an duine beag seo le leabhar beag 'na làimh, chuir sinn ar n-òrdagan ri ar cinn mar gum biodh sinn ag ràdh gu robh i às a ciall.

('S thòisich i ri gàireachdainn. Bha i cho aosd, 's a craiceann preasach, 's i 'na suidhe air cathair 's a làmhan 'na h-uchd).

O, thachair gu leòr dhuinn, ars ise, ach bha sinn gu math mear cuideachd. Innsidh mi rud eile a thachair ruinn. A' mhadainn bha seo bha sinn air an tràigh aig Yarmouth 's nach ann a thòisich am muir air ar beulaibh a' leum 's a' goil. A bheil fhios agad dè bha seo? Bha gunnachan nan Gearmailteach 's na soithichean mòra aca air briseadh a-mach à Scapa Flow. Bha sinne cho neochiontach, cho neochiontach.

'S co às a bheil thu fhèin, a ghràidh? Tha mi smaoineachadh gur ann à Uibhist a tha thu. Cha robh mi fhìn a riamh ann an Uibhist ged a bha mi air gach eilean eile air an smaoinich thu. Bha mi ann an Ile uair 's turas eile ann an Tiriodh. Tha Tiriodh cho ìosal, chan eil fiù craobhan aca, ged nach eil mòran chraobhan air an eilean seo fhèin.

A-nise, 's e còig notaichean anns na trì mìosan a bha sinn a' faighinn nuair a bha sinn a' cutadh. 'S an-diugh chan eil fhios dè 'n t-airgead a tha daoine a' faighinn.

Tha mi 'nam bhanntraich o chionn fichead bliadhna. Bhàsaich Niall leis a' chansair, an cansair grànda a tha siud. Cha chluinn thu càil an-diugh ach an cansair. Niall bochd. Cha robh esan mòran a-mach às an eilean a riamh ach nuair a bha e anns a' chogadh. 'S ann air destroyer a bha e, tha fhios agad dè th'ann destroyer, a ghràidh, tha mi cinnteach gu bheil.

Ach bidh mi uaireannan cho sgìth de'm bheatha, 'nam shuidhe an seo fad an latha, ged a tha mo nighean Màiri uabhasach math dhomh. O, tha gu dearbh, 's faodaidh tu sin innse dhaibh. 'S tha a fear gu math coibhneil cuideachd. Chan e dìth coibhneis a tha cur orm, ach tìm fhèin, tha tìm cho fada. 'S chan eil mo fhradharc cho math 's a bha e. Bha latha ann a chithinn eun beag anns an adhar ach an-diugh chan fhaic mi seachad air an lota. Cha tig an aois leatha fhèin, ged a tha mo chorp fallain gu leòr. Ach 's e 'n inntinn, an inntinn, a ghràidh. Tha thusa òg fhathast 's chan eil eòlas agad air na nithean sin.

A-nise 's e rud nach fhaic thu an-diugh idir, 's e trèiceil. Agus cuin a chunna tu aran coirc mu dheireadh, neo aran eòrna. Ach bidh Màiri a' dèanamh lit dhomh, ged nach bi an teaghlach ag ithe lit.

A-nis, ghràidh, tha mi dol a dh'innse dhut sgeulachd mu dheidhinn Nèill. Cha robh sinn ach fichead bliadhna nuair a phòs sinn, agus tha cuimhn'am cho brèagha ri càil oidhche ar bainnse, oidhche bhrèagha fhoghair le gealach abachaidh an eòrna anns an adhar. O, bha Niall sgiobalta, grinn, anns na làithean ud, ach cha b'e sin a bha mi dol a ràdh. Aig àm àraid de oidhche na bainnse cha robh sgeul air Niall, agus thòisich mi sealltainn mun cuairt ach cha robh mi faighinn lorg air. A-nise bha nighean às a' bhaile a bhiodh a' frithealadh an oilthigh aig an àm ud, 's e Anna a b'ainm dhi. Bha i uabhasach bòidheach, feumaidh mi sin aideachadh. Ach cha robh e dèanamh dragh sam bith dhi an sgaradh a chuireadh i eadar leannain. Mu dheireadh co-dhiù thàinig Niall a-steach 's an dèidh sin ise. O, thàinig e steach orm ceart gu leòr gu robh iad anns a' chorc còmhla ri chèile air oidhche mo bhainnse. Cha dubhairt mi guth ri Niall gus an do ràinig sinn dhachaigh 's an uair sin dh'innis mi dha an nì a bha cur dragh orm. Ach mhionnaich e nach fhaca e an nighean idir, gur ann a bha e 'g òl còmhla ri na balaich. Cha robh fhios'am an e an fhìrinn a bh'aige idir ach co-dhiù cha do bhruidhinn mi ri Anna fhad 's a bha i aig baile, le a sgiorta goirid, teann. Bha i uabhasach ladarna bho chaidh i don oilthigh ann an Glaschu.

Co-dhiù chaidh seo às mo chuimhne is chaith mi fhìn is Niall ar beatha còmhla 's bha sinn toilichte gu leòr.

A-nis nuair a thàinig an cansair air, dh'fhàs e uabhasach tana, gus an tàinig àm a' bhàis. Bhàsaich e aig sia uairean 'sa mhadainn, cha deach mise don leabaidh idir.

Chan eil fhios'am dè thug orm seo a dhèanamh, 's math dh'fhaoite gur e an diabhal fhèin. Tha an diabhal an còmhnaidh trang, tha fhios againn uile air a sin. 'S an dràsda 's a-rithist bidh e cur smaointean dona nar cinn.

Uill, thàinig e steach orm faighneachd do Niall, 's e air leabaidh a' bhàis, dè thachair an oidhche ud, oidhche na bainnse, an robh e còmhla ri Anna ceart gu leòr. Oir tha iad ag ràdh ruinn gun innis iad an fhìrinn, an fheadhainn a tha mu choinneamh a' bhàis.

Ach leis an fhìrinn innse chan eil fhios'am an cuala e mi, bha e sealltainn rium fad na tìde, gun a shùilean a thoirt bhuam, Dh'fhiach e ri cheann a ghluasad, ach chan eil fhios'am an ann a-null 's a-nall neo sìos is suas a bha e dol ga ghluasad. 'S bhàsaich e 's a shùilean dian orm chun an deiridh.

Sin a-nise mar a thachair. Tha e àraid na nithean a tha leantainn ruinn fad ar beatha.

Agus a-nise feumaidh mi innse dhut mu dheidhinn an turas eile a bha sinn còmhla ri Iseabail air an trèana....

An Ròs

Tha an leanabh a' tighinn thugam 's a' faighneachd dhiom, Dè an t-ainm a tha air a sin?

Typewriter, canaidh mi ris, 's canaidh esan am facal às mo dheidh.

Tha sin ceart, their mise.

Tha ròs aige 'na làimh a thog e às an lios. 'S e latha teth brèagha a th'ann am muigh. Chan eil fhios'am dè 's coireach ach nuair a chì mi e tha mi smaoineachadh air corporal às an Arm ris an robh mi bruidhinn o chionn latha neo dhà. Bha e 'g innse dhomh gu robh e thall air "tour" ann an Eirinn.

An latha bha seo, ars esan, is sinn a' falbh ann an càr, chunna sinn tom pios air falbh bhon rathad. Nuair a chaidh sinn suas thuige chunna sinn caora mharbh a' lobhadh ann an toll, 's nuair a thog sinn a' chaora is fàileadh a' tighinn aisde is cuileagan mun cuairt oirre chunna sinn gu robh gunnachan air an tiodhlacadh fòidhpe.

Tha iad uabhasach dona, an IRA. Can an dràsda nuair a bhios iad a' dol a bhriseadh do ghlùinean cuiridh iad fios thugad agus suidhichidh iad oidhche airson sin a dhèanamh. Faodaidh tu leann gu leòr òl airson am pian a leasachadh. Mar a teid thu don àite shuidhichte marbhaidh iad thu.

Tha cuimhn'am a' chiad turas, ars esan, a fhuair mi fòn bho shaighdear ann an Eirinn, bha e air marbhadh a' chiad duine a mharbh e riamh. Bha e uabhasach toilichte.

Bha an leanabh ag ràdh, Carson nach eil pàipear anns an *typewriter*.

Chan eil mi sgrìobhadh càil aig an àm seo, arsa mise ris. Chaidh e fhèin air lorg pàipear agus thòisich e ga bhruthadh anns an *typewriter*. Bha fàileadh bòidheach a' tighinn bhon ròs a bh'aige 'na làimh. Nuair a chuir e am pàipear don *typewriter* thòisich e danns.

Tha cuimhn'am air a' chorporal, bha falt air coltach ri falt ainmhidh, dreach air aon dhath ri gràineag. Bha ceann mòr sgueidhir air.

Bha e reusanta gu leòr nuair a bha e bruidhinn. Aon turas, ars esan, chaidh peilear fhiachainn oirnn. 'S ann à uinneag taighe a thàinig e, ach cha do ghreimich sinn air an duine idir.

Aig àm na Nollaige nuair a bha sinn a' falbh anns na càraichean armachd, chuir sinn bocsaichean orra ag ràdh, Ma tha sibh airson airgead a thoirt dhuinn airson daorach, faodaidh sibh a chur don bhocsa seo.

A-nise chan eil cùisean cho dona 's a shaoileadh tu. Tha bàraichean anns am faod thu tadhal, ach feumaidh tu leughadh òrdughan a' chompanaidh gach latha oir tha na bàraichean ag atharrachadh.

Ruith an leanabh a-mach às an rùm. Chunna mi e a-mach air an uinneig a' dràibheadh bàidhsagal beag gorm a bh'againn air a shon. Bha e air an ròs fhàgail air mo dhasc.

An ròs, arsa mise rium fhìn, 's ann a tha e coltach ri fuil. Ach tha e cho coimhlionta, cho bòidheach. Chunna mi ròs uair faisg air tanc air na Golan Heights.

Chan ann mu dheidhinn creideamh a tha a' chùis idir a-nis ann an Eirinn, bha an corporal ag ràdh. Chan eil ann a-nise ach murtairean.

'S a-rithist, thubhairt e, chan eil duine ann air a bheil fuath agam fhìn ach Eireannaich is daoine dubha is poofs. Ann an ùine ghoirid thubhairt e rithist, Uill, chan eil càil agam an aghaidh nan daoine dubha.

Bha a leannan còmhla ris. Chan eil fhios dè bha ise smaoineachadh, ged a bha i anns an Arm cuideachd. 'S ann à Dundèagh a bha i 's i 'g obair ann an oifis anns an Arm.

Nuair a bha mi fhìn anns an Arm, a' dèanamh mo Sheirbheis Nàiseanta, smaoinich mi air latha air an robh sinn a' màrsail. Ged nach do chòrd an t-Arm idir rium, bha mi faireachdainn toileachas àraid 'na mo chridhe, 's na pìoban a' cluiche, agus sinne a' màrsail.

A bheil fhios agad gu bheil fir-brathaidh neo *spies* againn 'nam measg, ars an corporal. Can an dràsd gum bi feum air tidsear ann am baile, cuiridh sinn tidsear a-steach don bhaile sin, 's bidh e faighinn a-mach naidheachdan. 'S e obair chunnartach a th'ann.

Bha e bruidhinn cho reusanta, 's a' coimhead cho fallain.

A bheil fhios agad dè bhios mise dèanamh, ars esan, an àite a bhith cur duine air *chargo*, son rud suarach, bidh mi ga thoirt air cùl nam *barracks* 's a' toirt buille dha.

Cha dèan e an aon mhearachd a-rithist, agus cha bhi càil a' dol air a reacord. Tha iad nas measail ort ma nì thu sin.

Agus rud eile, 's ann glè ainneamh a chì thu iad a' cur sìos an IRA anns na pàipearan. Seall thusa am prògram a bh'aca air an TBh mu dheidhinn Stalker 's iad a' cur sìos air a' phoileas 's air an Arm ann. Chan fhaic thu iad a' dèanamh prògraman dona mu dheidhinn an IRA.

Bha e fhèin 's a leannan a' dol gu dannsa. Dh'fhàg i an rùm 's thàinig i a-steach ann an ùine ghoirid, le dreasa dhubh oirre, 's ròs 'na broilleach.

Thàinig an leanabh a-steach a-rithist 's thòisich e sporghail am-measg mo leabhraichean. Fiach mus leag thu iad, arsa mise ris. Bha e air ruith air feadh an rùm ag èigheachd, 's mas fhìor a' dràibheadh pleuna.

A bheil fhios agad, ars an corporal, gu bheil *Sam Missiles* aca, ach tha iad duilich an gluasad bho àite gu àite oir tha iad cho mòr. 'S tha na pìosan fhèin mòr, ged a bhriseadh iad sìos iad.

Bha am pleuna a' teàrnadh air mo ròs 's na gunnachan a' lasadh.

Tha an nighean a' toirt a-mach fag 's ga smocadh. Chan eil an corporal a' smocadh idir.

Feumaidh tu bhith faiceallach, ars esan. Cuimhnich an dràsda, fairichidh tu fàileadh fag ma tha thu smocadh, neo fiù fàileadh *after-shave*, neo càil coltach ri sin. Can an dràsda Lynn ann an sin, dhèanadh nàmhaid a-mach anns a' bhad gu robh i faisg. 'S rinn e gàire.

Bha mi ga choimhead a' snàgadh troimh choille, 's a cheann air dath gràineig, a' freagairt lusan na talmhainn. Ainmhidh cunnartach.

Uill, tha thìd againn a bhith falbh, ars esan 's e ag èirigh gu a chasan. Chan eil an ròs sin buileach ceart, ars esan ri leannan.

A-nise feumaidh tu an ròs seo a chumail, ars an leanabh rium.

A bheil thu cluinntinn.

Tha, arsa mise.

'S an ath uair a thig mi, ars an leanabh, feumaidh e bhith agad. Bha e bruidhinn rium mar chomanndair ri saighdear.

Nì mi sin, arsa mise. Ceart gu leòr.

An dùil an d'fhuair iad gunna ann an ceann na caora. Bha fàileadh làidir a' tighinn bhuaipe. Cha robh a ceann sgueidhir ach trì-cheàrnach. Bha deòirean a' dòrtadh às na sùilean.

Oo, oo, dh'èigh an leanabh a bha pearsanachadh pleuna. Bha chraiceann cho fann ri ròs. Ach a dh'aindeoin sin bha mi smaoineachadh air gunna a' lasadh.

Bha an corporal 's a leannan a' dol don dannsa.

Bha iad coltach ri ainmhidhean glan a thàinig a-mach às a' choille.

Fear-siubhail

An latha bha seo thàinig fear chun an dorais. Bha e coimhead coltach ri ceàrd, agus bha e soilleir gu robh e air mòran siubhail a dhèanamh. Bha a shùilean gorm 's aodann donn leis a' ghrèin.
    Chual e gur e bàrd a bh'annam 's thàinig e shealltainn orm. Chan eil mi air mòran a' sgrìobhadh, ars esan, ach tha mi dèanamh mo dhìchill. Chan eil grèim ceart agam air gràmar fhathast. Dh'fhàg mi an sgoil nuair a bha mi ceithir-deug, ach thòisich mi leughadh mu dheidhinn bàrdachd. Cha bhi mi leughadh bàrdachd idir ach bidh mi leughadh mu dheidhinn na bàird fhèin.
    Thug e mach leabhar mu dheidhinn Keats agus fear eile mu dheidhinn Shelley. Dh' òl e an copan tea a thug mo bhean dha.
    Leis an fhìrinn innse, ars esan, 's ann ann an teanta a bhios mi fuireachd. A bheil àite freagarrach airson teanta anns a' bhaile seo.
    Dh'innis sinn dha gu robh agus bha e toilichte gu leòr.
    A bheil fhios agaibh carson a tha mi siubhal mar seo, Without Fixed Abode mar a their iad. Uill, chan eil airgead agam airson am Poll Tax a phàigheadh. Bha mi uair ann a loidseans ach tha mi nise falbh gun sgur. Tha dùil agam a dhol do Eilean I. Tha mi smaoineachadh gu bheil an saoghal anns a bheil sinn beò coirbte agus tha mi airson faighinn a-mach dòigh beatha ùr.
    Tha pìos bàrdachd agam ann an seo. Chaith mi bliadhna air agus chan eil ann ach seachd sreathan. Chan eil mi idir airson mo bhith-beò a dhèanamh à bàrdachd. 'S math dh'fhaodte nach cuir mi e do iris sam bith a chuireas ann an clò e. Sin mar a tha mi.
    Agus 's math dh'fhaoite nach sgrìobh mi bàrdachd eile airson bliadhnachan. Ach bu chaomh leam sgeulachd a sgrìobhadh. Ach 's e rud nach eil mo ghràmar math. Nuair a bha mi anns an sgoil cha robh mi 'g èisdeachd ri na tidsearan.
    Cha do leugh mi càil a sgrìobh thu fhèin ach chuala mi gur e bàrd a th'annad. Thachair mi ri bàrd eile, bha ad cowboy air, 's crios mòr farsaing dearg. An dùil an e bàrd math a bh'ann. 'S e Kingsley a b'ainm dha. Bha e 'g òl ceart gu leòr,

ach chan eil mise 'g òl idir.

Tha dùil 'am falbh air feadh nan eilean. Tha iad ag ràdh gu bheil iad uile brèagha. Tha cùisean ceart gu leòr as t-samhradh ach chan eil iad cho math anns a' gheamhradh. Ach tha brògan làidir agam, a bheil thu gan coimhead. Thubhairt mi rium fhìn gu feumainn brògan làidir co-dhiù, agus air an adhbhar sin bha iad gu math daor.

Thug mi mach leabhar mu dheidhinn Shelley às an leabhar-lann agus cumaidh e dol mi airson ùine mhath. Cha bhi mi leughadh bàrdachd Shelley idir, tha e ro dhuilich air mo shon. Dh'fhaodainn a bhith air a dhol don oilthigh ach cha robh Highers agam. Ach chan eil fios a bheil feum ann a Highers nas motha. Carson nach eil daoine nas coibhneil ri chèile, sin a' cheist. Chan eil guth air càil ach airgead. A-nise chan eil sgilling agam-sa ach chan eil sin a' cur dragh orm.

Turas a bha seo bha mi sgrìobhadh bàrdachd, agus nach ann a thàinig tuil mhòr air an oidhche agus nach do lìon am bùrn an teanta, agus cha robh sgeul air na facail a bha air a' phàipear. Ach 's e obair Dhè a bha sin ma tha thu a' creidsinn ann an Dia.

Bha mi fuireachd còmhla ri mo mhàthair airson ùine, ach chuir i mach às an taigh mi mu dheireadh. Cha robh ise a' tuigsinn carson nach robh mi a' pàigheadh am Poll Tax. Cha robh fiachan oirre fhèin a riamh. Ach tha mise 'na aghaidh agus sin as coireach gun do dh'fhàg mi an taigh. Uaireannan bha mi dìomhain, agus 's math dh' fhaoite gun caithinn mìosan air rann neo dhà, 's bha mi toilichte gu leòr.

Bha mi ann am pub bho chionn ghoirid agus bha mi 'g innse do fhear gu robh dùil 'am a dhol do Eilean I. Agus a bheil fios agad dè rinn e? Thug e dhomh sgleog anns an t-sùil. Bha mo shùil dubh airson seachdain. 'S e Pròstanach làidir a bh' ann agus cha robh càil aige mu dheidhinn nam Pàpanaich. Bha an deoch air 's e mach air Pàpanaich na bidse. Dè rinn iad ort-sa, arsa mise ris, agus a bheil fhios agad càit a bheil am Boyne. Agus le sin thug e buille dhomh. Chan fhac mi duine riamh coltach ris. Bha deise ghorm air is speuclairean gorm.

Pàpanaich na bidse, ars esan, bu chòir dhaibh am bàthadh gu lèir. Agus abair thusa gun tug e sgleog dhomh. Ann am bàr a thachair seo. Bha mi gabhail glainne lemonade oir bha am pathadh orm. Cha do bhuail mise air ais e oir chan eil mo nàdur fiadhaich.

'S caomh leam na beanntan a tha seo cuideachd. Tha mi dol a dhìreadh Beinn Cruachan uaireigin.

Bidh mi coinneachadh ri mòran dhaoine air mo shlighe. Aon turas choinnich mi ri proifeasair, neo sin a dh'innis e dhomh co-dhiù. Bha e 'g innse dhomh gu robh taigh mòr aige uair, ach an latha bha seo, thubhairt e ris fhèin, Carson a tha mi 'g obair aig an dreuchd seo. Tha mi dol ga fhàgail às a' bhad, agus le sin, chuir e aodach ann am baga 's dh'fhàg e an taigh. Cha robh e coltach ri proifeasair nuair a choinnich mise ris, bha feusag fhada air, agus bha a ghràmar math. Chan eil fiù gràmar fhèin aig a' chlann an-diugh, bha e 'g ràdh rium. Dh'fhaighnich mi dheth mu dheidhinn Shelley ach cha robh e air cluinntinn mu dheidhinn. Thubhairt e gur e proifeasair ann an electronics a bh'ann dheth. Agus a bheil fhios agad dè rinn mi mus do dh'fhàg mi an taigh, ars esan. Bhris mi an sgàthan mòr fada a bh'anns an lobaidh.

Agus thachair mi ri fear eile cuideachd. Bha e air innleachd a thoirt a-mach. An inneal a bh'agam an siud, ars esan, chumadh e dol leis fhèin gun sgur, ach thionndaidh na companaidhean mòra 'nam aghaidh agus cha d'fhuair mi sgilling air a shon. Uair is uair bha an guth seo ag ràdh rium, Cur às dhut fhèin, ach bha rudeigin ag innse dhomh gum biodh gach nì ceart aig a' cheann thall.

Bha mi 'g innse dha mu mo bhàrdachd. Cum thus' ort, thubhairt e rium, bidh cliù agad uaireigin. Oir bhiodh e fàidheadaireachd cuideachd. Tha mi coimhead, ars esan, gum bi thu dol tarsainn air uisge. Agus cha robh mi air innse dha aig an àm gu robh mi dol a dh'Eilean I.

Tha mi uabhasach taingeil gun do dh'èisd thu rium. Uabhasach taingeil. Agus nam b'urrainn dhut innse dhomh beagan mu dheidhinn gràmar bhithinn uabhasach toilichte. 'S math dh'fhaoite gun dèan thu sin an ath uair a thadhlas mi ort. Seall a-nise cho òg 's a bha Shelley nuair a chaidh a bhàthadh.

Thachair fear eile rium cuideachd, bha e anns a' Chuan Tuath, agus thubhairt e rium, Mur a bithinn-sa air sàbhaladh feadhainn a bh'air Piper Alpha chan eil fhios dè bha air tachairt. Shàbhail e ceud duine, ars esan. Bha e falbh am-measg an teine ann an eathar bheag. Sheall e dhomh comharradh dearg air aodann. Sin comharradh an teine, ars esan.

Ach tha thu coinneachadh air mòran dhaoine air an t-slighe, tha sin cinnteach, chan eil fhios aig an t-saoghal mhòr orra ach tha iad gu math tàlantach.

Nam b'urrainn dhut beagan pàipeir a thoirt dhomh airson mo bhàrdachd. Agus taing dhut fhèin agus dha do bhean. Feumaidh mi an teanta a thogail mus tuit an dorchadas.

Mar sin leibh. Thig mi air ais uaireigin eile, agus innsidh sibh dhomh mu dheidhinn gràmar. Mar sin leibh.

Agus le sin dh'fhalbh e. Bha a' bheinn air a chùlaibh a' deàrrsadh leis a' ghrèin a bha dol sìos ann an crùn deireannach.

Na Tòimhseachain

Tha cuimhn'am, nuair a bha mi trì bliadhna deug, neo mar sin, aig àm a' chogaidh, gum bithinn a' dol a thadhal air an taigh a bha seo far an robh fear cuagach 's a phiuthar a' fuireachd. Bhiodh am fear cuagach a bha seo 'na shuidhe mar bu tric air a' bhalla mu choinneamh a thaigh, a' bruidhinn ris na daoine a bha dol seachad air an t-sràid. Anns a' gheamhradh bhiodh a dhùirn fuar is dearg, 's iad a' cumail grèim air a dhà bhata, agus uaireannan bhiodh e a' maoidheadh air a' chlann leotha. Aig na h-amannan sin 's ann a bha e coltach ri eun mòr le sgiathan farsaing. Cho fad 's as aithne dhomh cha robh e riamh a-mach às an eilean ged a bha a phiuthar 'na h-òige aig an sgadan a' cutadh.

Chan eil fhios'am dè bu choireach, ach bhiodh e cur thòimhseachain orm gun sgur. 'S e taigh dubh a bh'aige, agus bha a' chiad wireless anns a' bhaile ann. Bha a' wireless seo 'na suidhe air sgeilp le cùrtair tarsainn oirre agus nuair a thigeadh na naidheachdan air bhiodh e slaodadh a' chùrtair seo, a bha coltach ri cùrtair air beulaibh altair. Tha mi a' cluinntinn fhathast fuaim gleoca Big Ben agus guth ag ràdh, "Here is the Nne o'clock News and this is Bruce Belfrage reading it."

Bhithinn 'na mo shuidhe ri thaobh air being ri taobh a' bhalla, agus glè fhaisg air an teine, agus chanadh e rium, Dè Ghàidhlig a th'air Indian Summer?, neo, Cia mheud sgadan a th'ann an crann. Cha robh càil a dh'fhios aige fhèin air na freagairtean, tha mi cinnteach, ach bha e airson dearbhadh nach robh balach a bha frithealadh an Nicolson càil na bu thùrail na e fhèin. Bhiodh seo a' cur dragh orm ach bha mi airson na naidheachdan a chluinntinn. Bha sinn a' buannachd ann an Africa 's bha cogadh fiadhaich a' dol air adhart anns an Ruis.

Chan eil mi tuigsinn, mar a thubhairt mi, carson a bha e cur nan ceist ud orm gun sgur ach ann an dòigh àraid bha mi faireachdainn gamhlas 'na nàdur. Aig an àm ud bha mise air freagairt cheart a thoirt dha mu dheidhinn Pythagoras ach bha mi glè aineolach air nithean eile.

Bha e an còmhnaidh a' cur sìos air a phiuthar, ag ràdh nach robh i ann gu lèir, ged a bha i iomadh turas a-mach às an eilean. Bhiodh e fanaid oirre agus thug e am farainm Timoshenko oirre. Chan e gu robh i uabhasach pongail neo tùrail, ach bhiodh e cur cais orm gu robh e dèanamh tàire oirre.

Uaireannan eile, dh'innseadh e dhomh mu dheidhinn na h-Eiphiteich 's na piorramaidean, 's mar a bhiodh na rìghrean 's na ban-rìghrean gan tiodhlaiceadh. No chanadh e, A bheil fhios agad gu robh pìoban bùirn aig na h-Incas bliadhnachan mòra air ais?

Cha robh fhios càit an robh e faighinn lorg air na naidheachdan seo, ach bha pìosan is bloighean de fhiosrachadh a' falbh air feadh eanchainn gun cheangal sam bith eatorra.

Bha mac aige anns an Neibhidh, air crùisear tha mi smaoineachadh, ged nach robh e bruidhinn air tric. Nuair a sheallas mi air ais a-nis feumaidh e bhith gu robh a bhean marbh. Chan fhaca mise i riamh co-dhiù. 'S e greusaiche a bh'ann 'na òige ged nach robh e càradh bhròg a-nis idir.

Tha mi smaoineachadh gum biodh pian a' tighinn air cuideachd, oir 's e arthritis neo siataig dona air choreigin a bha tighinn ris.

Bha mise uabhasach liugach anns na làithean ud, ach bha mi faireachdainn an tìde fada 's bha mi toilichte gu leòr tadhal air, ged nach robh mi airson a chuid tòimhseachain a chluinntinn.

Chanadh e rium, Bidh iad an còmhnaidh ag ràdh, The next of kin have been informed. An do mhothaich thu sin? Oir bha tòrr bhalaich aig muir às a' bhaile againn. Bha mo bhràthair fhèin aig muir; bhiodh e cur airgead dhachaigh gu mo mhàthair oir 's e oifigear a bh'ann.

Dè seòrsa beatha a bh'aige 'na shuidhe aig a' bhalla gach latha? Tha mi ga thuigsinn an-diugh nas fheàrr na bha mi ga thuigsinn 'nam òige. Feumaidh e bhith gu robh e faireachdainn an tìde fada, agus gur e seo bu choireach gu robh e an còmhnaidh gam cheusnachadh. Agus cuideachd cha b'urrainn dha tàire dhèanamh ormsa mar a bha e dèanamh air a phiuthar.

Bha ise iomadh uair aig a' chutadh ged nach saoileadh tu oirre an-diugh gu robh i riamh a-mach às an eilean. Nach eil sin ceart, a Thimoshenko, chanadh e rithe. Agus dhèanadh i gàire 's i 'na suidhe a' fighe.

'S bha esan 'na shuidhe air a' bheing le aodann mòr dearg, 's a chasan gorta. Cuir air a wireless, chanadh e rithe. Tha e naoi uairean. 'S shlaodadh i an cùrtair geal 's chithinn a wireless a bha toirt thugainn naidheachdan an t-saoghail air fad.

Agus uaireannan chrathadh e a dhà bhata mar gum biodh e maoidheadh oirre.

An oidhche bha seo chuala sinn naidheachd air a' wireless ag ràdh gu robh an crùisear *Indefatigable* air a dhol fodha. The next of kin have been informed ars an naidheachd, ach bha fhios'am nach robh e fhèin neo a phiuthar air a chluinntinn. Chunna mi aodann a' fàs geal 's dh'aithnich mi anns a' mhionaid gur e seo an crùisear air an robh a mhac air seirbheis. Chunna mi cuideachd a phiuthar a' cur sìos a fighe. Bha sàmhachd mhòr anns an rùm mar gum biodh an gleoca air stad.

Theab mi cantainn ris, A bheil fios agaibh dè tha an t-ainm *Indefatigable* a' ciallachadh, ach cha do rinn mi sin. Bha cheann air tuiteam air a bhroilleach coltach ri ceann tairbh a tha air sgleog fhaighinn bho òrd.

Bha fhios'am nach robh fhios aige-san dè bha an t-ainm *Indefatigable* a' ciallachadh, ged a bhiodh e fhèin a' cur facail Sasannach air a phiuthar.

Agus bha a cheann mar thòimhseachain ann am muir air nach robh e eòlach 's bha mise 'nam shuidhe eadar an dithis.

Cuir dheth a' wireless, Iseabail, ars esan ann an guth ìosal. B'e seo a' chiad turas a riamh a chuala mi a h-ainm ceart 'na bheul.

An dèidh dhi a' wireless a chur dheth, dh'fhàg mi an taigh. Bha an oidhche dorch 's deigh air an talamh. Cha robh fiù leus agam 's mi lorg mo shlighe dhachaigh. 'S bha fhios'am cuideachd nach tillinn tuilleadh a dh'èisdeachd ri na naidheachdan 's nach cuireadh esan tòimhseachain orm na bu mhotha oir bha a' cheist a-nis anns a' chuan, 's bha a h-ainm ceart air a phiuthar.

Mo Mhàthair ann an Glaschu

Bha ceò an ìre mhath trom ann nuair a bha mi anns an tacsaidh a' gabhail sìos Alexandra Parade ach a dh'aindeoin sin chunna mi mo mhàthair a bha marbh airson fichead bliadhna ged a bha i fuireachd ann an Glaschu 'na h-òige. Leum mi mach às an tacsaidh agus lean mi i. Bha i coimhead òg, is baga 'na làimh. Ruith mi às a dèidh 's chaidh i steach a chlobhs. Chunna mi i a' dìreadh staidhre leis a' bhaga is dh'èigh mi rithe ach cha robh i gam chluinntinn. An uair a dh'fhosgail i an doras chaidh mi steach ach cha robh fhios aice gu robh mi ga faicinn.

Chuir mi am baga sìos anns a' chidsin bheag bhochd. A-mach air uinneag bha mi coimhead factoraidh. Chuir i dhith a còta 's chroch i e air cùl an dorais. Shuidh i sìos air cathair 's a làmhan 'na h-uchd airson mionaid.

B'e seo Glaschu anns na làithean a thrèig nuair a bha mo mhàthair òg. Bha a falt fhathast bàn agus fàinne air a h-òrdag. Chaidh i chun an dorais 's ghnog i air an ath dhoras. Thàinig tè mu a h-aois fhèin ga coinneachadh. Dh'aithnich mi air a còmhradh gur ann à Eirinn a bha an tè seo. Bha aodann ciùin solt oirre.

Bha e cho math ris an òr, ars ise ri mo mhàthair, agus i cur am pram troimh an doras fosgailte. Sheall mi sìos ris an leanabh a bha anns a' phram. An e seo mi fhìn?

Thug mo mhàthair sùil air an leanabh, sùil ghaolach, 's chaidh i a-steach do a taigh fhèin. Nuair a bha i bruidhinn ris an leanabh ann an cànan màthaireil chunna mi gu robh làraichean fliuch air a' bhalla, coltach ri mapaichean.

Thug i bainne don leanabh 's thòisich i bruidhinn ris ann an Gàidhlig. Air a' bhalla os cionn a' mhantlepiece chunna mi dealbh seòladair. B'e m'athair a bha seo ceart gu leòr. Cha robh cuimhne sam bith agam air, ach chunna mi dealbh dheth roimhe seo.

Cha robh mi faicinn am factoraidh a-nis idir oir bha a' cheò a' fàs cho teann. Shaoil mi gu robh i lìonadh an rùm anns an robh sinn.

Thòisich mo mhàthair ri toirt stuth a-mach às a' bhaga, càis agus aran agus

bainne. Aon turas rinn i danns beag 's i a' sealltainn sìos ris an leanabh.
 Bha i coimhead cho òg is cho toilichte. Nuair a bha mi na bu shine na seo, agus sinn air an eilean, bha i cho sòlaimte, ann an dòigh cho cruaidh. B'ann an dèidh do m'athair bàsachadh a thachair seo, smaoinich mi. Ach anns an rùm seo bha i cho aighearach, mear.
 Turas neo dhà sheall i anns an sgàthan, a' sgioblachadh a fuilt. Shuidh i aig a' bhòrd anns a' chidsin 's gheàrr i aran le sgian 's an dèidh sin chuir i ìm is càis air. Bha an leanabh a-nise 'na chadal, bha e sàmhach is ciùin anns a' phram aosda.
 Bha pluicean mo mhàthar dearg, bha a falt bàn, bha i an ìre mhath tana. Bha dreas dìtheanach oirre. Rinn i tea agus dh'òl i e. Bha i 'na h-aonar oir bha m'athair aig muir, ach cha robh i coimhead tùrsach.
 Nuair a bha i deiseil thòisich i sgùradh a' bhùird, air an robh oilcloth uaine, 's an dèidh sin thòisich i sgùradh an làir. Bha mise 'na mo chadal fhathast anns a' phram.
 Thàinig gnog chun an dorais 's thàinig am boireannach Eireannach a-steach. Bha crois aig a h-amhaich, 's spot dubh air a mala.
 Tha do bhathais salach, arsa mo mhàthair.
 'S e a th'ann Ash Wednesday, ars am boireannach Eireannach 's thòisich an dithis a' gàireachdainn 's cha mhòr gu faigheadh iad air sgur.
 Thug mi steach pancakes dhut, ars a' bhean Eireannach. Rinn mi iad an dràsda fhèin. An cuala tu gu bheil Maighstir Brown anns an ospadal.
 O feumaidh sinn a dhol shealltainn air, arsa mo mhàthair.
 Thòisich iad an uair sin a-mach air an fheadhainn eile a bha fuireachd anns a' chlobhs. Bha fear ann a bhiodh a' bualadh a bhean.
 Bha sùil dhubh aice an-diugh, ars a' bhean Eireannach. Bha i 'g ràdh gun do thuit i. Ach cha do thuit na. Cuin a tha dùil agad ri Murchadh?
 Tha dùil am ris Di-Sathairn, arsa mo mhàthair. Agus dh'fhàs a gnùis na bu toilichte. Bha e ann an Africa an turas seo.
 Africa, ars a' bhean Eireannach le uabhas. Cha robh mise na b'fhaide na Donegal.
 Thòisich iad a' gàireachdainn a-rithist.
 A bheil Sean cho dona leis a' chuing am bliadhna, arsa mo mhàthair.
 Cheart cho dona, ars a' bhean Eireannach. Chan eil fhios nach fheum sinn tilleadh a dh'Eirinn.
 O tha mi'n dòchas nach tachair sin, arsa mo mhàthair.
 Chan eil an àile seo a' còrdadh ris, 's thug iad sùil a-mach air an uinneig. Tà, 's e latha math a th'ann an-diugh, arsa mo mhàthair. Tha an àile cho glan. Chan cil dùil agad a dhol don eilean, ars a' bhean Eireannach.

Chan eil. Tha sùil aig Murchadh ri obair ann an gàrradh Iain Brown.
Bhiodh sin glè mhath, ars a' bhean Eireannach.
(Bha mi smaoineachadh mar a bhàsaich m'athair le TB anns an ospadal an dèidh dha an grèim a ghabhail).
Ach smaoinich thusa m'aineolas, arsa mo mhàthair. A' dèanamh a-mach gur h-e salchair a bh'air do mhala.
Bha iad sàmhach airson mionaid.
Chuir mi pancakes a-steach gu na Masons cuideachd, ars a' bhean Eireannach.
Tha Mason air fàs cho reamhar, arsa mo mhàthair.
Tha e uimhir ri alabhan, ars a' bhean Eireannach. Ach tha e cho mear cuideachd. Cho dibhearsanach.
O chan fhàgainn Glaschu, arsa mo mhàthair. Tha na daoine cho faisg. A bheil fhios agad gun do theab mi oraindsear a cheannachd an-diugh. Bha am fear a bha gan reic cho dibhearsanach. Aithnichidh tu e. Tha e air leth-chois.
O tha fhios'am co air a tha thu mach.
Tha mi'n dòchas nach till thu gu Donegal, arsa mo mhàthair.
Tha is mise, ars a' bhean Eireannach. Chan eil obair sam bith ann an Donegal.
Nuair a thig Murchadh dhachaigh thèid sinn gu cèilidh, arsa mo mhàthair. 'S coinnichidh sinn ri na càirdean. O seall ri seo. Bha i air coimhead spot air an uinneig, 's chaidh i null 's ghlan i air falbh e.
Tha na taighean seo tòrr nas fheàrr na nan taighean aig an taigh, ars ise. An robh thu riamh ann an taigh dubh?
O tha iad againne cuideachd, ars a' bhean Eireannach.
'S fhuair mi wardrobe mòr o chionn ghoirid, arsa mo mhàthair. Bha iad ga reic saor.
Chaidh iad a-steach don ath rùm, (cha robh ann ach an dà rùm). Bha a wardrobe uabhasach mòr, cha mhòr a' lìonadh cairteal den rùm. Bha leabaidh anns an rùm cuideachd, agus cùrtairean flùranach air an uinneig. Bha a wardrobe gleansach mar gum biodh i ga ghlanadh gun sgur. Dh'fhairich mi fàileadh Mansion Polish.
Gabhaidh e tòrr aodaich, arsa mo mhàthair le pròis.
Tha e math, ars a' bhean Eireannach. Dè scòrsa fiodh a th'ann?
Chan eil fhios'am, arsa mo mhàthair. Bha mi fuireachd còmhla ri mo bhràthair an turas mu dheireadh a bha mi aig an taigh, ach cha robh càil air aire ach airgead. Bidh e reic chruidh 's tha tarbh aige.
Cha chreid mi nach tèid mi mach cuairt leis an leanabh às dèidh mo dhiathad,

arsa mo mhàthair. Tha pàirc mhath shàmhach air am bi mi tadhal. Bidh mi còmhradh ri daoine an dràsd 's a-rithist. Bha tè ag ràdh rium o chionn ghoirid gu bheil an duine aice dèanamh airgead math ann an gàrradh Iain Brown. Thug i dhomh pìos sandwich a bh'aice. Chan eil càil a dh'fhios nach tèid mi fhìn is Murchadh gu danns nuair a thig e dhachaigh.

Seallaidh mi às dèidh an leanabh, ars a' bhean Eireannach.

O chan eil fhios'am fhathast dè nì sinn. Ach tha Murchadh grinn 's dèidheil air danns. An dùil dè bheir e thugam à Africa. Bidh rudeigin aige dhuibhse cuideachd, tha mi cinnteach. Bhiodh dola glè mhath. Neo grìogagan.

Feumaidh mi falbh, ars a' bhean Eireannach. Tha agam ri dhol don eaglais.

Agus dh'fhàg i. Bha a' cheò a' dùnadh mun cuairt orm. Bha mo mhàthair a' sealltainn ris an leanabh agus turas neo dhà bha i toirt sùil air a wardrobe mhòr an ath dhoras.

Chuir mi mach mo làmhan rithe ach cha robh i gam fhaicinn. Bha i cho òg le breacadh-seunain air a pluicean. Cho òg, cho tana, 's cho toilichte.

Cha mhòr nach robh a' cheò ga mo thachdadh, 's i ag iathadh mu chuairt a' phram far an robh mi fhìn 'nam laighe.

Chuala mi gliong 's thàinig litir a-steach air an doras. Troimh'n cheò chunna mi mo mhàthair a' lùbadh 's a' togail na litreach; tha mi creidsinn gur ann bho m' athair a bha i. Dh'fhosgail mi an doras air mo shocair. Chaidh mi sìos an staidhre 's sheas mi anns a' chlobhs. Dh'fhuirich mi gus an tàinig an tacsaidh, agus chaidh mi steach ann. Nuair a ràinig mi Easterhouse far an robh obair agam ri dhèanamh, chunna mi pàirc mhòr, 's choisich mi tarsainn oirre. Bha an latha blàth is grianach, agus mu chuairt orm bha na duilleagan a' gleansadh, agus na flùran fo bhlàth.

An Leum

Bha na balaich 'nan seasamh air bruaich na h-aibhne, 's iad ag argamaid.

Tha e furasd gu leòr leum a thoirt a-null, arsa Murchadh.

Chan eil na, ars Iain, 's eagal air.

Uill, tha mise dol a dh'fhiachainn co-dhiù, arsa Murchadh.

'S e fear beag tapaidh a bh'ann am Murchadh, ach bha Iain tana, àrd. Chan eil fhios carson a bha iad 'nan caraidean, oir bha iad uabhasach eadar-dhealaichte bho chèile. Mar eisimpleir bha Murchadh slaodach anns an sgoil, ach bha Iain adhartail, 's dùil aige a dhol don Ard-Sgoil a dh'aithghearr.

'S e latha brèagha soilleir a bh'ann, 's an dithis air saor-làithean bhon sgoil. Thug Murchadh sùil sìos don abhainn far an robh beagan uisge nach robh buileach a' còmhdachadh na clachan.

Uill, ars esan, leum Coinneach i an t-seachdain a chaidh, dh'innis e dhomh. 'S math dh'fhaodte gur e bhriag a bh'aige, ars Iain. Chan eil mi creidsinn gun do leum e i idir.

Tha mi 'n dòchas nach fheuch e, bha Iain a' smaoineachadh, oir ma leumas esan feumaidh mise leum cuideachd.

'S a-rithist chunnaic e chorp anns an abhainn 's daoine a' sealltainn sìos 's a' gal.

'S e banntrach a bha 'na mhàthair ach bha dithis phàrantan Mhurchaidh fhathast beò.

Co-dhiù, ars Iain, 's e sandals a th' orm 's chan eil mi smaoineachadh gun greimich iad air an talamh.

Ach cha robh Murchadh ag èisdeachd ris. Chunnaic Iain am falt goirid air cùl a chinn agus a chasan grad, làidir, agus bha fhios aige gu leumadh e. Aon turas chaidh Murchadh ann an eathar leis fhèin agus cha robh e ach deich bliadhna dh' aois. A-nise bha an dithis dà bhliadhna dheug 's iad air an aon chlas anns an sgoil.

Bhiodh Murchadh ag ràdh, Nuair a dh'fhàsas mi suas bidh mi beairteach, ach cha robh Iain a' smaoineachadh air airgead idir.

Càit a bheil thu dol a dh'fhaighinn an airgeid sin, bhiodh iad ag ràdh ri Murchadh ach chanadh e, Thig an latha ceart gu leòr.

O cho fad 's bha an dà bhruaich bho chèile, bha Iain a' smaoineachadh. Ma bhuaileas mi mo cheann air na clachan, agus anns a' mhionaid dh'fhairich e mar gum b'eadh fuil a' sruthadh sìos a lethcheann. Aon latha shaoil e gum fac e tiodhlaiceadh, ach thubhairt a mhàthair ris nach robh tiodhlaiceadh ann an latha sin. Ach chunnaic e e ceart gu leòr.

Thug Murchadh fag às a phòcaid.

Tha mi dol a leum, ars esan, nuair a smocas mi am fag seo.

Càit an d'fhuair thu am fag, ars Iain.

Ghoid mi air m'athair i, arsa Murchadh. Thug mi às a sheacaid i nuair a bha e 'na chadal. A bheil thu 'g iarraidh draw.

Chan eil, ars Iain.

Chunnaic e Murchadh 'na shuidhe aig bruaich na h-aibhne 's e a' smocadh agus e coimhead coltach ri commandair airm. Cha robh càil a dh'fhàilnicheadh air Murchadh, bha sin cinnteach, cha robh eagal sam bith air.

Chan eil mi dol a leum leis na sandals seo, ars Iain. Cha ghreimich mi air an talamh. Cha do fhreagair Murchadh ach lean e air a' smocadh.

Bu chaomh leam gu robh mi coltach ri Murchadh, ars Iain ris fhèin. Ach bha fhios aige nach robh 's nach bitheadh. Ach a dh'aindeoin sin bha e smaoineachadh, Cha do leugh Murchadh an leabhar seo neo an leabhar eile, ged a bha e math air cunntadh.

Chuir Murchadh às am fag agus dh'èirich e gu chasan.

Thug e ceum neo dhà air ais, agus an dèidh sin leum e, agus le beagan sporghail bha e 'na sheasamh air a' bhruaich eile.

Chaidh Iain air ais dà cheum, 's dh'fheuch e ri leum ach cha b'urrainn dha, bha eagal air.

Tha an talamh ro shleamhainn dh'èigh e.

Nuair a thàinig Murchadh air ais thubhairt Iain ris, Nam biodh brògan tacaideach orm bha mi air leum.

Chaidh fichead bliadhna seachad 's choinnich iad ri chèile ann an taigh-òsda mòr ann an Glaschu. Bha Murchadh air fòn a chur gu Iain a bha na 'fhearteagaisg ann an sgoil anns a' bhaile.

'S e Iain a thàinig don taigh-òsda an toiseach 's shuidh e air sòfa leathair anns an lobaidh 's e cumail sùil air an doras. An dùil an aithnicheadh e Murchadh, neo Murchadh esan.

'S e taigh-òsda mòr beairteach a bha seo, agus sgàthanan mòra air fheadh agus lusan sgapte an siud 's an seo. Dè chosgadh e a bhith fuireachd ann an taigh-òsda coltach ri seo. Bha Iain cinnteach nach b'urrainn do fhear-teagaisg a' phrìs a phàigheadh.

Bha e nise aon uair deug sa' mhadainn 's cha robh sgeul air Murchadh fhathast cho fad 's a b'aithne do Iain.

Nuair a bha e sealltainn ris a' ghleoca òr-bhuidhe, dh'fhairich e làmh air a ghualainn 's thionndaidh e 's dh'aithnich e anns a' bhad gur e Murchadh a bh' ann, ann an deise nèibhidh, uaireadair mòr air cùl a dhùirn, neapaigear aig a bhroilleach, bròg an gleansach air.

A bheil thu fuireachd anns an taigh-òsda seo? ars Iain ris.

Tha, a charaid. Dh'aithnich mi anns a' bhad thu, oir bha thu riamh iomagaineach. Tha mi air tilleadh à Ameireaga airson trì làithean.

An ann an Ameireaga a tha thu nis? arsa Iain.

'S ann. Tha mi 'g obair aig companaidh mòr thall an sin, 's tha mi caitheamh tòrr de mo chairtealan ann. Thug e sùil air uaireadair. 'S fheàrr dhuinn a dhol a-steach a ghabhail cofaidh.

Ciamar a fhuair thu mach mu mo dheidhinn? ars Iain.

Choinnich mi ri Tormod. A bheil cuimhn' agad air Tormod MacRath? Choinnich mi ris ann am bàr 's dh'innis e dhomh gu robh thu ann an Glaschu.

Nuair a bha iad 'nan suidhe ag òl cofaidh thubhairt Iain ris, A bheil cuimhn' agad air an turas a bha sinn a' dol a leum na h-aibhne? Leum thusa ach cha do leum mise idir.

A bheil sin ceart? arsa Murchadh, 's e dòrtadh a-mach cofaidh às a' phoit airgeadach. Chan eil cuimhn' agam.

'S bha thu smocadh fag, ars Iain.

Tha mi creidsinn gu bheil sin ceart, arsa Murchadh. 'S dè tha thu fhèin a' dèanamh a-nis?

Fear-teagaisg, ars Iain.

Bhiodh tu a' leughadh tòrr leabhraichean, arsa Murchadh. Tha cuimhn'am air a sin. An aithne dhut Wilbur Smith?

Chan aithne, ars Iain.

'S caomh leam na leabhraichean aige, arsa Murchadh. Agus Ludlum. Tha esan math cuideachd. An gabh thu drama?

Cha ghabh, ars Iain. Tha agam ri tilleadh don sgoil.

Ceart gu leòr, arsa Murchadh.

Bha Iain a' coimhead nan daoine a bha dol seachad air, 's iad uile a' coimhead beairteach. 'S e saoghal eile a bha seo.

Thug Murchadh cairt às a phòcaid. 'S a bheil fhios agad dè tha seo? ars esan.

Chan eil, ars Iain.
Uill , 's e iuchair a tha seo airson an doras fhosgladh. Tha solas uaine a' tighinn air nuair a chuireas tu a' chairt seo anns an doras. 'S e iuchair computair a tha innte.
Nach eil sin àraid, ars Iain.
Tha iad cumanta gu leòr a-nis, arsa Murchadh, 's e a' cur a' chairt air ais 'na phòcaid.
Thug e sùil eile air uaireadair. Ach feumaidh mi falbh a dh'aithghearr. Tha coinneamh agam.
O na bi fuireachd rium-sa, arsa Iain.
Carson a bha dùil aige nuair a thàinig e steach gum biodh còmhradh eadar an dithis aca mu dheidhinn na h-aibhne, mu dheidhinn an latha nach tug e fhèin an leum a bu chòir dha.
A bheil an teagaisg a' còrdadh riut? arsa Murchadh.
An ìre mhath, ars Iain. (Ach smaoinich e air an latha a thubhairt e ri nighean air aon de na clasaichean aige, Dè'n leabhar mu dheireadh a leugh thu? agus a thubhairt i ris, Cha bhi mi leughadh leabhraichean idir).
Uill, arsa Murchadh, tha mo dhreuchd fhìn a' còrdadh riumsa glè mhath. 'S le sin dh'èirich e gu chasan.
Latha sam bith a bhios mi ann an Glaschu cuiridh mi fòn thugad, arsa Murchadh. A bheil cairt agad? Bu chòir dhòmhsa a bhith air leughadh barrachd na leugh mi.
Sgrìobh Iain a sheòladh air pìos pàipear agus àireamh a fòn aige. Thug Murchadh cairt dha.
Dhealaich iad aig an doras, 's chaidh Murchadh a-mach a-rithist am-measg an t-sluaigh a bha dòrtadh seachad air.
Dh'fhuirich Iain gus am fac e an duine uaine a' tighinn air, 's an dèidh sin ghabh e an Tube gu Byres Rd.
Nuair a bha e feitheamh ris an trèana, thug e sùil air na rèilichean agus shaoil e gu robh iad ag innse sgeulachd dha ach cha robh fhios aige dè 'n sgeul a bh'ann.

Aig a' Chèilidh

Choinnich mi rithe a-raoir aig cèilidh. Cha do dh'aithnich mi i ach chaidh innse dhomh cò i. Bha i...Bha i....grànnda. Bha a gnùis air dùnadh ann an dòigh àraid, coltach ri sporan.

Cha b'e ise an tè a dh'aithnichinn 'nam òige, an e?

Bha i còmhla rium anns an sgoil air an aon chlas, bliadhnachan mòra air ais. Bha a h-aodann ùr, deàrrsach, bha a falt dubh, bha i bòidheach. Tha cuimhn'am aon turas falbh air tòir snèap dhi: aig an àm bha gàrradh air cùl na sgoile: 's ann aig àm a' chogaidh a bha seo.

Bhithinn a' smaoineachadh oirre gun sgur, 'na mo chadal 's 'na mo dhùsgadh. Bha mi airson a dìon bhon t-saoghal. Chan e gur e saoghal dona a bh'ann aig an àm, ged a bha cogadh a' dol. Aon turas shad maighstir-sgoile leabhar mòr oirre 's i air tuiteam 'na cadal anns a' chlas aige. Theab mi leum air.

'S ann aig danns a bha thu, dh'èigh e.

An e farmad a bha 'na ghuth 's na speuclairean a' lasadh.

Bha mi dèanamh bàrdachd cuideachd. Anns a' chlas bha mi strì ri amadan a dhèanamh dhiom fhèin seach gu mothaicheadh i dhomh. Aig an àm bhithinn a' leughadh bàrdachd Uilleim Rois. Nach do bhàsaich esan air sgàth boireannach cuideachd.

Tha e duilich a dhol air ais do na làithean ud. Tha iad 'nam inntinn a' drùdhadh le boltrach, tha na madainnean nas soilleir na bha iad a riamh às dèidh sin. Bha mi cho aotrom ri ite. Bha an saoghal bithbhuan.

Ciamar a b'urrainn dhomh faighinn don chogadh, bha mi smaoineachadh. Dh'fhaodainn a bhith 'nam philot a' teàrnadh às an adhar, 's a' cur às do na Nazis. Chluinneadh i gur e gaisgeach mòr a bh'annam. Neo sheasainn air deice soithich 's i dol fodha 's na gunnachan fhathast a' losgadh.

Chan eil càil cho fìorghlan ri gaol na h-òige, ris a' chiad ghaol. Tha e gun chionta, gun thruaill. Tha e ag ùrachadh an talamh, a' togail dhìtheanan às a' gheamhradh fhèin. Chan eil an t-anam ag iarraidh càil ach e fhèin ìobairt. 'S nuair a thilleas mi air ais chun na làithean ud tha iad mar gum b'eadh eadar-dhealaichte gu buileach bhon t-saoghal anns a bheil mi nise beò. Agus tha ise anns an rìoghachd seo fhathast.

Agus cò i a rèisd. An e ise an tè a chunnaic mi aig a' chèilidh neo an tè a bha uair anns an sgoil còmhla rium. Tha mo chridhe ag àicheadh gur e ise a bh'aig a' chèilidh. 'S cinnteach gu bheil an dithis eadar-dhealaichte. Tha an tè air an robh mi eòlach nas beothail na an tè a chunnaic mi raoir. Am b'urrainn dhomh cantainn rithe, Càit an deach an t'èile. Tha thu a' dèanamh atharrais air an tè a bh'ann uair. Cha tusa i idir.

Am biodh e ceart sin a ràdh rithe.

Nuair a sheallas tu ri dealbh dhiot fhèin a chaidh a thogail nuair a bha thu òg, chan eil thu 'g aithneachadh a' bhalaich seo neo an nighean seo idir. Chan eil cuimhn' agad air mòran a thachair dhaibh. Bha esan ladarna, tha thusa umhail, bha esan bòidheach, tha thusa aosd. Nan coinnicheadh tu ris air an t-sràid 's ann a dhèanadh e gàire. Seall ris an amadan aosd ud, chanadh e. Cò e?

A Pheigi chòir, càit an deach thu? Dè am bocsa anns a bheil thu? Càit an do chuir iad thu? A bheil thu nad phrìosanach an àiteigin.

Bha d'fhalt cho dubh, bha do shùilean cho soilleir ri na rionnagan, bha thu coltach ri meas a tha ag abachadh. 'S iomadh uair a bhrist thu mo chridhe. Tha mi gad choimhead a' gàireachdainn ann an cafe Eadailteach a bhiodh sinn uile a' tadhal. 'S a-rithist tha mi gad fhaicinn anns an oilthigh.

An dè fhèin bha mi aig tiodhlaiceadh 's thàinig d'ìomhaigh air ais thugam. 'S e latha fuar a bh'ann 's am muir a' beucadh 's e cho glas is fiadhaich. Bha beagan reothaidh air an talamh. Bha a' chiste 'na laighe anns an toll. 'S thàinig d'aodann air ais thugam a-rithist ann am blàths na h-òige. 'S bha mi smaoineachadh gu robh e na bu làidir na am bàs fhèin. Do chorp, do bhodhaig, am boltrach a bha mun cuairt ort. Sgiort na sgoile ort.

Tha sinn a' fàgail aon saoghal airson saoghal eile. Ach chan e na h-aon dhaoine a th'annainn. Tha na feallsanaich ag ràdh gur h-e, ach chan eil mi cinnteach. Tha na làithean a' cur sreathan nar gnùisean. Tha sinn a' coinneachadh feadhainn a bha còmhla ruinn uair 's chan eil sinn gan aithneachadh. Tha sinn ag ràdh ruinn fhìn, Chan e siud iad idir. Tha iad ag ràdh gu robh iad eòlach oirnn, ach cha robh, cha robh.

Sheall mi riut le uabhas an raoir. Cha bu tu a bh'ann idir, tha mi cinnteach às a sin. Cha b'e do shùilean a bh'ann, cha b'e do ghruaidhean a bh'ann. Bha cumhachd oillteil air grèim a ghabhail ort. Bha thu air do mhùchadh gu bàs.

O bha thu dànns aig a' chèilidh ceart gu leòr, bha thu còmhradh, bha thu seinn, bha thu gàireachdainn.

Ach cha bu tu a bh'ann, tha mi cinnteach à sin. 'S tha mi creidsinn gun do smaoinich thus' an aon rud mu mo dheidhinn fhèin. An duine maol a tha seo, Cò e, co às a thàinig e? Tha e cho sàmhach, chan eil facal aige ri ràdh.

Tha Tìm a' cur às dhuinn. Ach chan eil. Feumaidh mi cumail gu daingeann ris an smuain seo. An tè a chunna mi raoir 's e mealltaire a th'innte. Mar gum biodh diabhal an àite aingeal air an aon làr rium.

Ged a chuir thu mach do làmh rium, cha bu tu a bh'ann. Dh'aithnich mi sin nuair a sheall mi 'na do shùilean. Bha imcheist annta, bha fuath annta.

Agus tha mi gan coimhead fhathast, an dithis ud a bha òg. Tha iad beò fhathast. Tha iad nas beò na an dithis a tha seo a' bruidhinn ri chèile. Chan eil math dhuinn dragh a chur orra. Tha iad beò ann an lios nach bàsaich. An e sin a bha an sgeulachd mu dheidhinn Adhamh is Eubha ag ràdh. Ach chan eil cuimhne sam bith agam air an dithis a dh'fhàg an lios. Càit an deach iadsan?

Tha mi cantainn riut an dràsda fhèin. Chan eil mi gad aithneachadh. Chan e banacharaid dhòmhsa thu idir. Dè rinn thu air an t'èile air an robh mi eòlach? An do mharbh thu i, an do chuir thu às dhi ann an dòigh àraid? An e farmad a bh' agad rithe?

Thàinig e steach orm nuair a bha mi òg gu robh thu ro bhòidheach, gun cuireadh iad às dhut. Agus 's e sin a rinn iad. Chàirich iad thu ann am prìosan mar a tha an t-òran ag innse dhuinn. Cha do thuig mi an t-òran ud gus an àm seo fhèin. Chuir iad ballachan mun cuairt ort, cnàmhan aosda, corp aosd. 'S tha thu fiachainn ri faighinn saorsa ach chan urrainn dhut sin a dhèanamh.

Tha fhios'am air a sin oir thachair e dhomh fhèin. Aig amannan bidh mi fiachainn ri faighinn a-mach às mo phrìosan, ach tha an sgàthan mu mo choinneamh ro làidir. Nuair a chì mi gealaich àraid, a' snàmh eadar uamh is uamh anns an adhar, bidh am balach ud a' tighinn a-mach às a' chochall coltach ri isean àraid. Tha e faireachdainn fàileadh ùr, is fàileadh air an robh e eòlach; tha a' ghlasach dhealtach ag èirigh mun cuairt air. Ach tha a' ghrian ag èirigh a-rithist 's ga chur air ais 'na chèis.

Tha mi gad àicheadh. Cha tusa ise idir. Na bi bruidhinn rium. Suidh air ais 'na do chathair. Eisd ris a' cheòl. Ach tha fhios'am nach tu i. Tha ise còmhla rium ann an saoghal eile.

Tha an leabhar a' siubhal troimh 'n rùm 's gad bhualadh.

'S tha mi coimhead falt a tha air liathadh 's gnùis a tha air crìonadh.

Ach cha tu a th'ann, cha tu a th'ann idir.

Chan e th'annad ach mealltair, bana-mhaighstir, anns a' cheòl seo ris a bheil mi ag èisdeachd agus anns nach cluinn mi do ghuth ged a tha thu seinn còmhla ri na daoine eile anns an talla.

Dealachadh

'S e a tha cur iongnadh orm co ris a bha dùil aige. Bha e pòsd airson fichead bliadhna ris an aon bhean, bha i fuireach aig an taigh nuair a bha esan aig obair-latha, agus a-nise tha e air a fàgail airson boireannach eile. Ach 's e a tha tighinn a-steach orm, Co ris a bha dùil aige? Feumaidh e airgead a thoirt dha chiad bhean, tha clann aige, 's chan eil fhios dè an ùpraid a thig à sin, tha e cur aghaidh air bean ùr, agus tha e cur iongnadh orm, Co ris a tha dùil aige? Dè solas ùr a tha air aire? Ceart gu leòr, tha a bhean ùr nas òige na chiad tè, ach cha chanainn gu bheil i dol a thoirt mìorbhail annasach gu a bheatha. Ach a dh' aindeoin sin, tha e dol a dh'fhàgail an taigh anns a bheil e, agus a' dol a-steach a thaigh ùr le bean ùr.

    Agus bidh e tighinn a-steach orm, Nuair a bhios a' chiad bliadhna seachad am bi e smaoineachadh, Cha bu chòir dhomh a bhith air a' chiad tè fhàgail. Feumaidh e bhith gu robh buaireadh aca, agus cha robh càil a dh'fhios gu robh e falbh leis an dàrna tè, bha i 'g obair còmhla ris, agus a-nis tha saoghal ùr a' briseadh air. Ach an e seo an saoghal ris an robh dùil aige. A-nis tha mi fhìn cho leisg 's nach b' urrainn dhomh an ùpraid seo a tharraing orm. Ach tha esan a' toirt leum cinnteach à aon saoghal gu saoghal eile? An e seo an gaol? An e an leum seo an gaol?

    Nuair a smaoinicheas mi air mo bheatha fhìn, 's tha mi pòsd cuideachd, tha e tighinn a-steach orm nach do dh'aithnich mi an gaol a riamh, nach do choinnich mi ris idir le aodann fiadhaich. Cha b' urrainn dhòmhsa an leum seo a dhèanamh, oir chan eil mi smaoineachadh gu bheil solas mìorbhaileach anns an t-saoghal idir. Ma tha, cha do choinnich mise ris. Ach 's ann a tha an dithis ud coltach ri *Romeo* is *Juliet*, a' briseadh sìos balla a bha cur bacadh orra, agus a' tighinn gu chèile ann an solas aoibhneach.

    Ceart gu leòr, tha e cur farmad orm, 's e duine mòr tlachdmhor a th'ann dheth, tha dòchas an còmhnaidh 'na shùilean, fear mòr tiugh le pluicean dearga: agus tha mise cho tana, cho geal, chan eil dòchas a' tadhal orm glè thric. Agus 's ann leis an dòchas sin a tha e fàgail a' chiad bhean 's a' chlann, agus a' togail air gu taigh eile, mar eun a' dol air shiubhal....Agus tha e air a bhith togail an taigh ùr seo, ag obair air a h-uile feasgar nuair a bhios a dhreuchd fhèin seachad. Chan eil mionaid aige. Tha e leth-cheud, agus a bhean da fhichead. 'S cha chanainn gur e mìorbhail a th'innte. Cha chanainn anns a' chiad àite gu bheil i bòidheach, neo anns an dàrna àite gu bheil i air leth tuigseach.

Agus tha seo a' cur iongnadh agus dragh orm, mar gum bithinn air solas àraid ionndrain 'na mo bheatha fhìn. Oidhche na bliadhna ùir, bha e anns an eaglais le theaghlach fhèin, a' chlann 's a' chiad bhean, 's madainn làrna-mhàireach bha e ann an taigh eile, còmhla ri boireannach eile, a bha ag obair còmhla ris airson fichead bliadhna. Chan eil teagamh nach eil i dèantanach is comasach, agus dh' fhaodadh gun tàinig seo a-steach air, nach biodh aige ri pàigheadh tuilleadh neo 's math dh'fhaoite gu bheil mi eudmhor nuair a their mi sin, 's math dh' fhaoite nach tàinig an smaoin a-steach air idir.

Chan e *Cleopatra* a th'innte co-dhiù, chan eil i a' sadail solas àraid air an talamh, ach a dh'aindeoin sin dh'fhàg e a bhean, agus tha e ri pòsadh airson an dàrna uair. 'S tha e smaoineachadh nach dèan e mearachdan a rinn e a' chiad turas, agus gum bi an tè seo nas fheàrr na chiad tè. Cha bhi droch nàdur sam bith a' ruith oirre, 'na bheachd-san, bidh i an còmhnaidh ciùin is umhail, bidh barrachd tuigse aice na bh'aig a' chiad bhean. Sin a bhios e smaoineachadh. Agus mar a h-eil e smaoineachadh sin carson a rèisd a tha e fàgail a chiad bhean? Ach cha do chuir càil bacadh air. An e sin a rèisd an gaol?

'S chan eil fhios nach bi buaireadh eadar e fhèin 's a chiad bhean, cuin a chì e chlann, cuin as urrainn dhaibh tadhal air? Am fàs iadsan fad às? Agus an suidh e aon oidhche a' smaoineachadh air na ceistean sin, 's a' sealltainn ris a' bhean ùr, 's a' cnuasachd, 's e ise as coireach gu bheil na ceistean seo ga mo bhuaireadh, 's gu bheil mo bheatha cho troimhe-a-chèile. Tha bith aig mo chlann dhomh a-nis, chunna mi e 'nan sùilean. An ann air do shon-sa a chuir mi sìos an uallach ud, bidh e smaoineachadh, 's chan eil nithean cho mìorbhaileach 's a bha dùil agam.

'S chan eil ise cho mìorbhaileach 's a bha dùil agam. Tha i comasach gu leòr. Ach tha i uaireannan droch-nàdurrach. 'S uairean eile, tha i sàmhach gun smid aice ri ràdh. Carson nach robh fhios'am air na nithean sin mus do phòs mi i. Bha i 'g obair còmhla rium airson fichead bliadhna, 's bha mi aineolach air na nithean seo.

Agus tha seo agam fhìn ri ràdh cuideachd, mise an sgeulaiche, oir 's e mo bhean fhìn air a bheil sinn a' bruidhinn, dh'fhaodainn a bhith air seo innse dha, ach cha robh càil a dh'fhios agam-sa robh càil eatorra, bha mi cho aineolach. Na nithean air a bheil mi mach anns an sgeulachd chuir mi air beulaibh mo bhean mus do dh'fhàg i mi, 's mus do dh'fhalbh i leis; ach cha do rinn e atharrachadh sam bith. An e seo an gaol?

A bheil an gaol ann, 's an do choinnich e ris an dithis ud. Cha do choinnich mi ris a riamh ged a thug e mo bhean air falbh bhuam.

Leugh mi mòran mu dheidhinn a' ghaoil, 's gu faod dithis leum a thoirt à aon nead gu nead eile, anns na gaoithean fuara anns a bheil sinn beò.

Agus tha sin mìorbhaileach.

Ach tha e cur dragh orm nach eil nithean a' coimhead nas mìorbhailich na tha iad, gu bheil cùisean cho "ordinary", cho cumanta, nach tàinig lasair a-mach à nèamh.

'S gu bheil mise anns an taigh seo 'nam aonar, 's gu bheil iadsan ann an taigh eile, 's a' chiad bhean ann an taigh eile a-rithist.

'S gu bheil solas ann nach fhaca mi riamh 's nach fhaic.

Esan cho cumanta 's ise cho cumanta cuideachd.

Sin buileach a tha a' cur dragh orm.

Niagara Falls

Dhràibh iad an càr airson grunn mhath mhìltean gus an do ràinig iad na Niagara Falls. Cha robh fhios aige fhathast am pòsadh e i. Bha e air a bhith pòsd roimhe 's bha ise cuideachd air a bhith pòsda roimhe ach cha robh fear seach fear de na pòsaidhean toilichte neo sona.

'S e fear-lagha a bh'ann dheth fhèin 's bha ise ag obair ann an oifis, secretaraidh.

'S e latha fuar a bh'ann anns an earrach. Bha reothadh is sneachd aig bonn na Falls a bha dèanamh fuaim uabhasach.

Chan eil fhios'am carson a thàinig thu aig an àm seo den bhliadhna, ars ise, 's i a' slaodadh a còta teann mun cuairt oirre.

Bha mi airson am faicinn, arsa Teàrlach. Smaoinich a bhith fuireachd anns an àite seo. Chan fhaigheadh tu norradh cadail.

O tha mi cinnteach gu fàsadh duine cleachdte ris, arsa Lorna.

Ghlais iad doras a' chàr 's chaidh iad a dh'fhaicinn na Falls.

A bheil fhios agad gun deach duine uair tarsainn air na Falls ann am baraill? arsa Teàrlach.

A bheil sin ceart. Agus a-rithist, Cuin a tha thu cluiche tennis?

Ann an cealla-deug, arsa Teàrlach. Cha robh i airson gum biodh e cluiche tennis.

Bha e coinneachadh ri clann-nighean na b'òige na i fhèin, agus cha b'aithne dhi fhèin cluich. Bha eagal oirre gu robh i call a bòidheachd, agus bha seo a' cur dragh oirre. Bha e fhèin fhathast tana, sgiobalta.

O nach e na Falls a bha cumhachdach. Bha iad a' cur eagal air.

A bheil dùil agad a dhol a Mhexico ceart gu leòr? ars ise.

Tha. Bidh e nas blàithe na seo co-dhiù. 'S bha mi riamh airson fhaicinn. Dh' fhaodadh sinn a dhol a dh'fhuireachd a Mexico.

Bhiodh sin mìorbhaileach, ars ise, a' cur a làmh 'na làimh-san.

Ann am mionaid shlaod e a làmh air falbh, mar leisgeul a' dùnadh a sheacaid.

Bha e smaoineachadh cuideachd, Cha chaomh le nighean Lorna mi. Tha i fuireachd 'na rùm gach turas a thadhlas mi air a màthair, a bhiodh an còmhnaidh ag ràdh gu robh mòran leasanan aice. Bha seo a' cur dragh air. 'S bha e cur dragh air cuideachd nach b'urrainn dha inntinn a dhèanamh suas Lorna a phòsadh. Bha na weekends fada às a h-aonais ged a bha na làithean eile a' dol seachad luath gu leòr. Bha e cinnteach gu robh i airson e fhèin a phòsadh. Bha i streap ri dà fhichead 's bha ise a' faireachdainn na h-aonaranachd cuideachd.

Ach cha robh fhios aige an robh e airson an dàrna ceangal a chur air fhèin. 'S bha a h-eudach nuair a bha e cluiche tennis a' cur dragh air.

Ach cha robh i cho dona ri chiad bhean a thòisicheadh uaireannan a' sgriachail nuair a chitheadh i còmhla ri client boireann e. Ghiùlain e seo airson dà bhliadhna dheug ach mu dheireadh thubhairt e ris fhèin, Feumaidh mi a fàgail.

Tha deagh fhios'am dè bha an dithis agaibh a' dèanamh, dh'èigheadh i. An robh Lorna coltach ri seo, neo am bitheadh. Cha robh fhios aige. An dràsda bha i sàmhach, ciatach gu leòr, ach cha robh fhios co ris a bha boireannach coltach gus am pòsadh tu i.

Sheall an dithis aca ris na Falls mar gum biodh iad fo gheas. Cop, cnapan mòra deigh, dòrtadh bhùrn.

Chan fhanadh duine sam bith beò anns an ùpraid ud. Bha na Falls a' coimhead cho cumhachdach, cho coma.

O, ars esan, chuala mi gu bheil tunail an seo anns am faic thu na Falls os ìosal.

Chaidh iad a-steach don togalach far an robh iad a' reic còtaichean tana buidhe naidhlon a chumadh an t-uisge air falbh bhuapa. Chaidh iad sìos ann an lioft còmhla ri grùnn Ghearmailteach a bha bruidhinn am-measg a chèile, 's thàinig iad chun an tunail. Bha na Falls a-nise cha mhòr ri an taobh, 's boinneagan uisge a' tuiteam air an còtaichean naidhlon.

Cò dh'innis dhut mu dheidhinn an tunail, ars ise.

Theab e ràdh, Mo bhean.

Ach stad e. O, leugh mi ann an sanas air choreigin e.

An robh thu aig na Falls riamh roimhe? ars ise.

Cha robh.

Ach cha b'e an fhìrinn a bha sin. Bha e aig na Falls uair còmhla ri Màiri nuair a thàinig e Chanada an toiseach 's a choinnich iad ri chèile. 'S e latha brèagha sàmhraidh a bh'ann 's bha gaol aca air a chèile. Cha robh eagal sam bith aca roimh na Falls, air cho cumhachdach 's an-iochdmhor 's a bha iad. Bha cumhachd 'nan cuirp fhèin anns na làithean ud, ach cha robh fhios dè thachair, dh' atharraich an saoghal, dh'atharraich ise cuideachd, 's cha robh fhios nach do

dh' atharraich e fhèin.
 Bha i airson a dhol dhachaigh nuair a bhàsaich a màthair ach cha robh esan airson sin a dhèanamh 's chaidh i dhachaigh 'na h-aonar.
 Cha tug i maitheanas dha riamh airson sin. Thug e mach a mhàthair fhèin airson làithean-saora, agus chanadh i ris, Cha b'urrainn dhut a dhol gu tiodhlaiceadh mo mhàthar-sa.
 Sheall e ri Lorna 's ris fhèin. 'Nan còtaichean naidhlon 's ann a bha iad coltach ri dithis ann an speur-shoitheach.
 Thubhairt fear a bha ri taobh Theàrlaich, Chuala mi sgeulachd àraid mu dheidhinn na Niagara Falls. Bha teaghlach ag iasgach air abhainn, agus air an oidhche gun fhios dhaibh nach ann a ghluais an t-eathar chun na Niagara Falls. Bha iad a' cluinntinn an fhuaim seo ach cha robh fhios aca co às a bha e tighinn. Anns a' mhadainn chunnaic iad na Falls. Ach chaidh an sàbhaladh.
 A bheil sin ceart? arsa Teàrlach, a' teiche air falbh bhon duine. Cha bu chaomh leis a bhith bruidhinn ri strainnsearan.
 Dè bha e 'g ràdh? arsa Lorna.
 O bha e bruidhinn mu dheidhinn na Falls. Dh'innis e an sgeulachd dhi. Chaidh i air chrith.
 Tha thu fuar, ars esan.
 Tha.
 Chaidh iad a-steach do restaurant 's ghabh iad copan cofaidh.
 Nuair a bha iad a' dràibheadh dhachaigh ghabh e slighe air nach robh e eòlach.
 A bheil thu cinnteach gu bheil an t-slighe seo ceart? arsa Lorna ris.
 Tha.
 Ach chaidh iad air chall 's ged nach dubhairt Lorna smid bha a bilean dùinte 's bha i coimhead gruamach.
 Cuideachd bha e uaireannan a' dol na bu luaithe na bu chòir dha. An toiseach cha robh e cluinntinn guth a bha i 'g ràdh oir bha fuaim Niagara fhathast 'na chluasan ach mu dheireadh chual e a guth.
 Bu chòir dhut a bhith air am mapa leantainn.
 A bheil thu fhèin ag iarraidh dràibheadh? ars esan.
 Chan eil.
 Bha i sàmhach.
 Bhiodh a chiad bhean a' gearain cuideachd nuair a bha e dràibheadh ro luath.
 Cha robh fhios aige carson a bha e dèanamh seo, ach bha e cinnteach gu robh e ceangailte ri sgìths na h-oifis, an còmhnaidh ag obair le dearbhaidhean sgrìobhte, eachdraidhean aosda.
 Bhiodh e glè mhath a dhol gu Mexico ceart gu leòr.

Nuair a bha e dràibheadh gu socair thubhairt i ann an guth ìosal, Chan eil fhios'am am bu chòir dhuinn a bhith dol a-mach còmhla tuilleadh.

Dè thubhairt thu?

Chuala tu mi.

Carson?

O thàinig e steach orm. Tha thu coltach ri balach beag. Thig thu shealltainn orm nuair a tha sin a' freagairt ort fhèin. Chan eil fhios am bi mise ann an còmhnaidh. Agus cuideachd chan eil mi fàs nas òige. 'S tha mi cinnteach gu robh thu aig Niagara Falls roimhe.

Dè ged a bhitheadh, ars esan.

Uill, dh'fhaodadh tu bhith air innse dhomh. Tha thu cho dùinte 'na do dhòighean. 'S e fior fhear-lagha a th'annad.

Stad e aig garaids 's chuir e tuilleadh peatroil don chàr. Phàigh e am peatroil le Access.

Bha thu sgrìobhadh d'ainm cho faiceallach, ars ise, nuair a bha iad air an t-slighe rithist.

Nuair a smaoinich e mu an dealachadh, bha e faireachdainn uabhasach fuar, mar gum biodh cnapan deigh 'na chorp.

Agus 's e na clàir agad-sa a bhios sinn a' cluich an còmhnaidh, arsa Lorna.

Ged a bha e dràibheadh bha e ann am bruadar. Anns a' bhruadar chunnaic e an t-eathar a' gluasad a-null 's a-nall anns an uisge, 's an teaghlach a' toirt sùilean eagalach air a chèile.

Chan fhada gus am bi sinn aig an taigh, arsa Lorna. Tha thu dol ro luath a-rithist.

Nuair a ràinig iad an taigh anns an robh flat aice, dh'fhuirich e anns a' chàr. Dhùin doras a flat às a dèidh.

Bha rhododendrons mhòr bhuidhe air thoiseach air, 's chunnaic e duine a' tighinn a-mach à taigh eile le baga dubh 'na làimh.

Gun smaoineachadh ruith e steach don taigh, 's dh'èigh e, Lorna.

Nuair a thàinig i chun an dorais, thubhairt e, Feumaidh sinn pòsadh. Tha an t-eathar ann an cunnart.

Dè thubhairt thu? ars ise.

Tha an t-eathar ann an cunnart, ars esan a-rithist. 'S tha iad a' cluinntinn an fhuaim. Chan eil Niagara a' cur suim anns an lagh.

Agus chunnaic e litrichean, dearbhaidhean, pàipearan, a' sruthadh sìos Niagara, a bha gan slugadh anns a' bhad.

Agus ghabh e grèim air Lorna agus bha an dithis air chrith anns an fhuachd a bha mun cuairt orra.

M'uncle à Africa-a-Deas

'S iomadh bliadhna a-nise chaidh seachad o bha m'uncle à Africa-a-Deas aig an taigh ann an Leòdhas. 'S e manaidsear air mèine dhaoimean a bh'ann, agus bha e an ìre mhath beairteach. 'S ann à Obar-Dheadhain a bha a bhean, 's bha bùth aig a pàrantan.

'S e fear mòr tapaidh a bh'ann. Cha robh e fada aig an taigh nuair a fhuair e mach nach robh fiaclan aig mo mhàthair. Aon latha thug e suas a Steòrnabhagh i, 's cheannaich e deud dhi.

Chan eil càil a mhath dhut a bhith falbh an sin coltach ri kaffir, ars esan.

Cha robh mo mhàthair ag iarraidh fiaclan ann, agus nuair a thàinig i dhachaigh cha mhòr gun aithnichinn i leis an deud geal a bh'oirre, an deàlradh geal a bha tighinn às a beul.

'S e poileas ann an Glaschu a bha 'nam uncle mus deach e gu Africa-a-Deas agus cha robh e air a bhith aig an taigh chun an àm seo fhèin.

Sheall e dhuinn dealbhan de thaigh. Bha amar-snàmh mòr gorm aige agus craobhan mun cuairt air.

Tha sinn coibhneil ri ar searbhantan, chanadh e. Ach a dh'aindeoin sin chan eil iad taingeil.

Aon turas, cha robh mi ach seachd bliadhna deug aig an àm, 's mi dèanamh deiseil airson a dhol don oilthigh, thug e dhomh pàipear chòig notaichean airson litir a sgrìobhadh dha. Cha robh mise air uimhir a dh'airgead fhaicinn a riamh roimhe.

Bheir mi dhut barrachd obair, ars esan rium le gàire.

Cheannaich e van airson cousin dhomh, agus bha an cousin seo a' falbh air feadh an eilein a' reic iasg. Bha e dèanamh prothaid mhath agus ann an ùine ghoirid thòisich e ri 'g òl. Aon oidhche bha a van aige ann an tubaisd, agus an ath rud a thachair bha e air a' bhàta a' dol gu tir-mòr. Fhuair e obair ann an Eilginn, agus bha e fuireachd còmhla ri landlady. Ann am mìos neo dhà bha e falbh leis an landlady seo a bha tòrr na bu shine na esan.

Theab a mhàthair a dhol às a ciall leis an droch nàdur. Uill, arsa m'uncle, thug mi an cothrom dha 's cha do ghabh e e. An robh e airson a bhith 'na khaffir fad a bheatha.

Bha ise sealltainn ris le fuath ach cha dubhairt i smid. Bha i pòsd aig a' bhràthair Alasdair.

Sin an seòrsa nithean a bhiodh m'uncle a' dèanamh. Bhiodh e toirt airgead is preusantan do dhaoine. Aon turas cheannaich e inneal-nighe do Mhàiri (b'e sin bean Alasdair) ged nach robh i air a shon idir, ag ràdh gum biodh i 'g ionndrain an còmhradh a bhiodh aice ris na boireannaich eile nuair a bhiodh i crochadh an aodaich. Fhuair i dòigh air an inneal a bhriseadh, ach thug m'uncle orm litir a sgrìobhadh chun an fheadhainn a rinn an t-inneal.

Can riutha, ars esan, nach ann ri kaffirs a tha iad a' dèiligeadh, 's gu bheil fios againn air dòighean an t-saoghail.

Ach cha chuala sinn guth bhuapa.

Cheannaich e TV do charaid eile, a bha air a bhith air an aon chlas ris nuair a bha e òg.

Agus cheannaich e bàidhsagal-motor do bhalach a mhill an t-inneal a bh'aige fhèin. 'S e Pròstanach làidir a bh'anns a' bhalach seo. Bhiodh e toirt taic do Rangers agus a' cur sìos air na Pàpanaich. Bhris am balach am bàidhsagal seo agus theab e e fhèin a mharbhadh. Bha mhàthair fiadhaich, oir bha a mac anns an ospadal airson mìos le ceann briste.

Ach cha robh càil a' cur dragh air m'uncle.

Aon Shàbaid chaidh e don eaglais 's chual e am ministear a' cur sìos air apartheid agus Africa-a-Deas. 'S e ministear òg a bha seo 's cha do chòrd a shearmon ri m'uncle idir. Sgrìobhaidh tusa litir a Dhun Eideann ag iarraidh orra am ministear seo a chur às a dhreuchd, thubhairt e rium-sa. Cha robh e mach air Dia ach air poilitics. Dè seòrsa ministear a tha sin?

Ach cha chuala sinn càil mu dheidhinn seo na bu mhotha.

Turas eile bha e anns a' bhàthaich a bh'aig Alasdair a bhràthair, far an robh àirneis agus biota. Chuir e sùil mhòr anns a' bhiota a bha seo.

Tha cuimhn'am, ars esan, nuair a bhiodh mo mhàthair a' dèanamh ìm ùr. Bu chaomh leam a' bhiota seo a thoirt air ais a dh'Africa mar chuimhneachan air mo mhàthair. Agus tha fhios agad, Alasdair, gur e mi fhìn a bu chòir a' chroit fhaighinn oir tha mi nas sine na thusa. Ach cha b'urrainn dhomh tilleadh à Africa aig an àm.

Dhiùlt Alasdair a' bhiota reic. Bha mise dèidheil air mo mhàthair cuideachd, ars esan.

A bheil cuimhn' agad, ars m'uncle, air na sabaidean a bhiodh againn. Tha mi smaoineachadh gu robh mise na bu làidir na thusa. Bheir mi dhut leth-cheud dolair air a' bhiota sin.

Cha ghabh mi sin, ars Alasdair.

Bha Alasdair uabhasach cumhang 'na nàdur. Bha e air a bhith uair anns a' Mhilitia agus chaith e tìde ann an Eipheit. Ach cha robh e riamh ann an Africa-a-Deas.

Cho fad 's as aithne dhomh, cha robh e riamh air pleuna. 'S ann a bha e coltach ri faileas ri taobh m'uncle à Africa.

Chanadh m'uncle à Africa ri Alasdair, Tha tòrr thuathan againn ann an Africa-a-Deas. An cual thu riamh am facal "trek".

Cha chuala, ars Alasdair.

Thachair sin anns na làithean a dh'fhalbh, chanadh m'uncle à Africa. Tha mi coimhead nach eil air fhàgail de'n taigh dhubh ach làrach anns an talamh. 'S chan eil fiù nach eil TV is rèidio agaibh.

(Bha Alasdair uabhasach carach. Aon latha cheannaich e bò ann am Pabail 's reic e i air an t-slighe dhachaigh).

An latha mus do dh'fhàg e thubhairt m'uncle à Africa, Bheir mi dhut trì fichead dolair air a' bhiota.

Chan eil càil a dh'fheum dhut a bhith bruidhinn rium, ars Alasdair.

Chuala sinn gu robh mo chousin a' dol a phòsadh a landlady 's bha Màiri uabhasach fiadhaich. An t-amadan, bha i 'g èigheachd. Chan eil fhios co às a thàinig i. Tha i nas sine na esan, co-dhiù.

An tàinig freagairt fhathast mu dheidhinn a' mhinisteir, arsa m'uncle.

Cha tàinig, arsa mise.

Chan eil càil annta ach Communists, arsa m'uncle.

Bha mo mhàthair a' sealltainn ruinn le a fiaclan geala.

Nuair a bhàsaich do sheanair agus do sheanamhair, ars ise rium-sa, cha tàinig d'uncle à Africa dhachaigh. Bha e ro dhèidheil air a bheairteas fhèin. Bha e 'g ràdh gu robh e ro thrang, 's tha e nise ag iarraidh a' bhiota.

An latha a dh'fhàg e bha mòran mu chuairt a' chàr aige, càr mòr gorm coltach ri suala.

Bheir mi dhut ceud nota air a' bhiota, ars esan.

Bha muinntir a' bhaile ag ràdh ris gu feumadh e tilleadh 's bha a' chlann a' ruith mun cuairt a' chàr.

Gun smid a ràdh chaidh Alasdair chun a' bhàthaich 's thàinig e air ais leis a' bhiota.

Sin ceud nota agad, arsa m'uncle à Africa, 's e a' cur a' bhiota anns a' chàr.

Chùnnt Alasdair an t-airgead gu faiceallach.

Dh'fhàg an càr ann an sgòth dhuslaich, 's bha Alasdair 'na sheasamh ri mo thaobh. Chuir e mach smugaid agus thubhairt e, Tourist, agus chuir e mach smugaid eile. Rinn mo mhàthair gàire 's a deud a' lasadh anns a' ghrèin coltach ri cladh deàlrach.

Dìth-Cuimhne

Nuair a bha i trì fichead 's a còig chaill i a cuimhne. Chanadh i ris 's e 'na shuidhe anns a' chathair. Cò thu? Càit a bheil Cailean. ('S e Cailean ainm fhèin).
    Air an oidhche bhiodh i cluinntinn rànail leanaibh 's chanadh i ris, feumaidh mi èirigh 's faicinn dè tha tachairt.
    Cha mhòr nach robh a chridhe a' briseadh. Cha robh e smaoineachadh gun tachradh seo ris 's cha robh e deiseil air a shon.
    Aon latha fhuair e i anns an lobaidh le a màileid 's i dol a thogail oirre gu "Cailean".
    Nuair a bha i òg bha i dèantanach. Nuair a thigeadh e steach bho obair bha an dìnneir deiseil. Bha dithis chloinne aca 's bhiodh e cluiche leotha. 'S bha an teaghlach beag cho toilichte.
    Ach a-nis bha balla eadar an dithis. Aon turas chunnaic e air an TV mar a bha balla Berlin a' tuiteam agus na daoine a' ruith an siud 's an seo le pìosan den bhalla 'nan làmhan 's gàirdeachas air an aodannan.
    'S ann a bha i coltach ri strainnsearan anns an taigh. Agus cha robh fhios dè cho fada 's a leanadh cùisean. Dh'fheumadh e bhith air faire gun sgur. Aon turas chuir i bròg don àmhainn a' smaoineachadh gu robh i còcaireachd. Bha i smocadh cuideachd 's bhiodh i leagail toitean air an làr.
    Chan eil càil nas miosa na seo, ars esan ris fhèin. Chan urrainn càil a bhith nas miosa na seo.
    Chanadh i ris, chan eil fhios'am càit an deach Cailean. Feumaidh mi dhol air a thòir.
    Agus 's e bu mhiosa buileach gu robh an dithis chloinne aca fad air falbh. Bha mac ann an Africa agus an nighean pòsda ann a Sasann. Bha cho math dhaibh a bhith ann am fàsach aig crìochan an t-saoghail.
    Nuair a bha e fhèin òg 's ann a' reic hoovers a bha e. An dèidh sin bha e a' reic uinneagan.
    Tha an uinneag seo tòrr nas fheàrr na an tè an th'agaibh, chanadh e. Seallaibh

cho mòr 's a tha i. 'S an solas a chì sibh a-nis. Faodaidh sibh an t-airgead a phàigheadh suas.

Cò shaoileadh anns na làithean ud gu robh am balla seo a' feitheamh ris.

Bha piàno aca 's bhiodh i cluich air na h-amhrain air an robh cuimhn' aice 's a bha co-cheangailte ri Cailean.

Bha Cailean cho coibhneil, chanadh i, ach chan eil thusa coibhneil idir. Bha e na b'òige na thusa. Tha thusa cho aosd.

Bha e cho sgìtheil a bhith cumail faire gun sgur, cha mhòr gach mionaid anns an latha 's air an oidhche cuideachd. Bha e dìreach mar phrìosanach.

Agus cha bhiodh i dol a-mach às an taigh idir. Bhiodh e fhèin a' toirt a-steach a' bhainne 's an gual.

Aon turas fhuair e i a' cluiche leis a' pheile guail, coltach ri nighean bheag air tràigh. Bha a làmhan dubh leis a' ghual. Tha na clachan cho brèagha, ars ise ris.

Bha cuimhn' aig' oirre 'na h-aparan gorm aig a' chucair. Neo a' cantainn ris a' chloinn, thubhairt mi ruibh gun a bhith sgrìobhadh air na ballachan le craidhon.

'S bhiodh iad uaireannan a' dol don zoo far am biodh na h-ainmhidhean a' sealltainn riutha troimh na cruinn iarainn. Bha muncaidh ga sgrìobadh fhèin le làmhan beaga pinc.

Thubhairt an dotair ris gu robh an tinneas seo do-leigheas. Bhiodh e uaireannan a' bualadh feadhainn òga cuideachd. Dh'fhaighnich e dheth an robh e airson a cur ann a Home.

Ach bha e calg-dhìreach an aghaidh sin a dhèanamh. Bha dleasdanas a' cantainn ris, feumaidh tu seo a ghiùlain leat fhèin. Agus uaireannan thigeadh an smuain thuige, an e mise bu choireach ris a' ghalair a tha seo?

Ach cha robh e faighinn freagairt don cheist seo.

'S chanadh i ris, dè tha mi dèanamh anns an taigh seo?

An latha bha seo fhuair e am bainne ri taobh an dorais an àite a bhith air a' bhalla mar a b'àbhaist dha. Dè thachair, ars esan ris fhèin. Bha dùil 'am gun do chuir mi e don fridge. Turas eile fhuair e am peile guail aig an doras cuideachd.

Thàinig fear a' bhainne chun an dorais, 's thubhairt e ris, cha do phàigh thu mi airson a' bhainne. Agus bha e fhèin a' smaoineachadh gun do phàigh e.

Turas eile dh'fhàg e an coire air, 's theab e leaghadh air falbh air an teine. Tha am balla air tuiteam, ars esan. Tha mi coimhead a-nis gu bheil mi fhìn a' call mo chuimhne. Chan eil fhios nach coinnich sinn ri chèile ann an àite gun chuimhne. Ach dè a tha i dol a dhèanamh às m'aonais?

Ach bha am balla air briseadh. Bha e ro dhuilich a chumail slàn.

Bha am balla Gearmailteach a' tuiteam cuideachd, 's na daoine a' danns, 's a' ruith air falbh a' giùlain cuimhneachan dheth.

Dìth-Cuimhne

'S cuideachd bha na ballachan a' tuiteam air feadh an t-saoghail. Bha daoine a' dèanamh gàirdeachas air sràidean an t-saoghail.

Bha e cur dheth ainm, Cailean, mar a chuireas nathair dheth a chraiceann. Uaireannan bha e fiachainn ri cuimhneachadh air ainm ach cha robh e tighinn thuige.

Bha saoghal ùr a' briseadh, saoghal gun chuimhne.

Bha an cucair a' teiche bhuaithe, 's an teine, 's am bainne, 's an gual.

Cha robh anns an t-saoghal seo ach faileasan gun ainm.

Bha e laighe air ais ann an tìm, 's cha robh seo a' cur dragh air.

An latha bha seo thubhairt e rithe, Cò thu? Co às a thàinig thu? Chan eil mi gad aithneachadh.

Agus anns a' mhionaid sin theich am briseadh-cridhe. 'S bha e aig fois.

'S cha robh cuimhn' aige tuilleadh air a h-ainm, neo air ainm fhèin.

Am Bocsa

Bidh sinn ga thoirt sìos còmhla ruinn bhon eilean, air làithean saora. Ach seach gun do chleachd e bhith 'g obair a-muigh, chan fhuirich e anns an taigh idir. Tha e air geata dhèanamh dhuinn mar tha, agus bha e cuideachd ag obair air balla. Fliuch neo tioram, fuar neo blàth, tha e muigh, ged a tha e nise faisg air ceithir fichead. Bidh e lorg thairgnean, òrd, screwdriver. An dè bha e 'g iarraidh spirit level agus nuair a fhuair e mach nach robh tè agam bha e feargach. Dè seòrsa taigh a tha seo, bha e 'g ràdh. Chan eil fiù sàbh ceart agaibh.

Cha robh mise tùrail riamh, 's air an adhbhar sin chan eil na h-innealan sin agam.

Tha e tana, àrd, le sròn fhada air. Chan eil a chridhe uabhasach làidir ged a tha e trang an còmhnaidh.

Tha m'eanchainn a' dol gun sgur, bidh e 'g ràdh ruinn, chan urrainn dhomh suidhe sìos.

Uaireannan eile bidh e ag ràdh, Thig an t-àm, thig an latha, chan urrainn dhuinn sin a sheachnadh, tha sin cinnteach.

Bha e bliadhnachan mòra ann an Canada nuair a bha e òg, 's bidh e 'g innse sgeulachdan dhuinn mu bheatha anns an rìoghachd sin.

Aon turas theab mi bàsachadh leis a' ghrèim. Dhùisg mi anns an ospadal 's bha e làn de Innseannaich Dhearga. Plàigh air choreigin a thàinig orra. Cha robh fhios'am an toiseach càit an robh mi, 's ann a shaoil mi gu robh mi ann an iutharn.

Dh'aithnichinn fear às a Rubha 's bha e measg nan "gangs". Aon turas thug e dheth a lèine 's chunna mi làrach na sgine air a dhruim.

Bha dùil 'am an toiseach a dhol do na Guards, ach an oidhche seo chuala mi gu robh soitheach a' fàgail Steòrnabhaigh a' dol gu Canada, 's ghabh mi i. Cheannaich mi deise ùr air deich tasdain.

Cha chaomh leis an TV a bhith air Latha na Sàbaid. Canaidh e, Chuir mi air falbh an TV a bh'agam. Bha i cur eagal orm. Co-dhiù, cha robh mi cur air càil ach na naidheachdan 's na searmoin.

Thug sinn e don Ghearasdan aon latha, 's thubhairt e, Tha atharrachadh mòr air a thighinn air a' bhaile seo. Bha mi 'g obair ann uair. Bha mi fuireachd ann an càmpa.

Cha robh a shlàinte math idir. Anns a' mhadainn bhiodh e casdaich gun sgur. Bha mi smocadh trì fichead fag anns an latha nuair a bha mi òg; sguir mi dhiubh ach tha mo bhroilleach fhathast a cheart cho dona 's a bha e riamh. Bhithinn a' smocadh pìob cuideachd. Tha an dotair a' toirt dhomh pilichean ach chan eil feum sam bith annta, feum sam bith.

Amaideas na h-òige, chanadh e. Amaideas. Faoineas.

Thòisich e togail seada bheag dhuinn air cùl an taigh. Rinn e seo le ablach mhaidean a fhuair e anns a' bhàthaich oir tha croit againn. 'S e samhradh bòidheach a bh'ann ged a bha mill ann an dràsda 's a-rithist. Nuair a thigeadh e steach bhiodh cion-analach air, 's shuidheadh e airson ùine mus fhaigheadh e anail air ais.

Chan eil càil a shàbhalas sinn ach Crìosd, chanadh e rium-sa. Ged as bi dè nì thu cha dèan e feum sam bith dhut mara h-eil Crìosd agad. Chanadh e ri mo bhean, Chan eil esan a' creidsinn ann an Dia idir ach chan eil fhios nach tig an latha anns am bi. Cha robh mi fhìn a' creidsinn ann uair. Tha mi dol a dh'innse sgeulachd dhuibh. Aon oidhche 's mi anns an taigh le cion-analach a bha buileach dona, chaidh mi a shuidhe ris an teine oir cha b'urrainn dhomh cadal. Co-dhiù, nuair a shuidh mi air cathair, dè bha seo ach fear eile 'na shuidhe air cathair mu mo choinneamh. Cha do dh'aithnich mi e idir. Thòisich mi 'g innse dha cho dona 's a bha mo bhroilleach, 's shuidh e 'g èisdeachd rium ged nach robh e 'g ràdh smid. Bha feusag gheal air, 's bha e 'na shuidhe le làmhan 'na uchd. 'S bha mi bruidhinn ris fad na h-oidhche. Ann an ceann ùine, dh'èirich e, dh'fhàg e an rùm, 's chaidh mi suas do mo leabaidh 's fhuair mi deagh chadal. Chan eil càil a dh'fhios cò e, ach nuair a bha mi còmhradh ris bha mi smaoineachadh gu robh mi ga aithneachadh. 'S chan eil fhios cuideachd ciamar a fhuair e mach às an taigh oir bha an doras glaiste.

Bu chòir dhut a bhith leughadh a' Bhìobaill, thubhairt e rium.

Bhithinn ga choimhead ag obair. Bha e uabhasach an-fhoiseil, 's a' ruith an siud 's an sco. Ach 's e "perfectionist" a bh'ann cuideachd. Mara robh sgcilp a' còrdadh ris bhriseadh e i 's thòisicheadh e a-rithist.

Chan eil fhios'am dè bha iad a' teagasg dhut anns an sgoil sin, chanadh e rium. Chan aithne dhut càil a dhèanamh.

An latha bha seo chaidh mi dh'èigheach air gu a bhiadh. Cha chuala e mi a' tighinn. 'S e latha bòidheach a bh'ann 's cha robh càil ri chluinntinn ach bò a' geumnaich agus cuideigin a' sàbhadh. Bha na beanntan soilleir 's an adhar gorm.

'S bha esan ag obair air an fhiodh. Bha cheann am broinn na seada. Air a chùlaibh chunna mi duilleagan uaine.

Agus thàinig e steach orm anns a' mhionaid, air an latha brèagha ud, gur ann a' dèanamh a chiste-laighe fhèin a bha e. 'S na duilleagan uaine air a chùlaibh. Bha cheann domhainn anns an t-seada; agus bha mi cluinntinn gliong an ùird.

Smaoinich mi mar a choinnich sinn ann an Ullapol. Thàinig e nuas an gangway le màileid bheag 'na làimh. Bha ad dhubh air 's bha e sealltainn mun cuairt air mar gum biodh e ann an rìoghachd chèin.

'S a-nise bha e 'g obair air a' bhocsa seo. 'S an solas a' tuiteam mun cuairt air 's na duilleagan uaine air a chùlaibh mar a chunnaic mi iad uair air taobh a-muigh uinneag na h-eaglais aige.

Bha shròn gorm, 's aodann tana, domhainn anns a' bhocsa.

Tha bhur biadh deiseil, dh'èigh mo bhean. 'S dh'èirich a cheann a-mach às a' bhocsa mar gum biodh e air ath-nuadhachadh. Gob fada coltach ri gob isein.

Rinn e gàire rium 's chuir e an t-òrd sìos.

Tha do bhiadh deiseil, thubhairt mi ris.

Bha e grùnnsgal beag leis fhèin, chan eil feum sam bith anns an fhiodh ud. Feumaidh mi fiodh nas fheàrr na siud fhaighinn. Agus tairgnean sia òirlich.

Bha na beanntan ar a chùlaibh cho bòidheach, 's a' ghrian 'na laighe orra, 's air an loch a bha aig am bonn. Bha na h-eòin ag itealaich mun cuairt, 's na duilleagan uaine a' gluasad anns an àile fhionnar.

Bha e ag èirigh a-mach às a' bhocsa leis an òrd 'na làimh.

Am-measg nan duilleagan uaine.

Murt

An oidhche bha seo bha fear 'na sheasamh aig bus stop ann an Glaschu a' leughadh an Daily Record. Mhothaich e gu robh fear air a chùlaibh a' fiachainn ri leughadh a' phàipeir aige. As a' mhionaid thug e mach sgian agus mharbh e am fear seo. Bha sgriachail aig a' bhus stop agus sheas e fhèin ann am bruadar 's an sgian fhathast 'na làimh.

Nuair a thàinig am poileas chaidh e còmhla riutha cho solt ri uan. Fhuair e e fhèin 'na shuidhe ann an rùm agus poileas ga cheusnachadh.

Carson a mharbh thu an duine ud, ars am poileas.

Chan eil fhios'am, ars esan anns an aon bhruadar.

Cha robh e a' dèanamh càil ach a' leughadh do phàipear-naidheachd 's mharbh thu e.

Tha sin ceart.

Chan fhaca tu e riamh roimhe?

Chan fhaca.

Agus cha do bhruidhinn e riut.

Cha do bhruidhinn.

Agus mharbh thu e.

Cha dubhairt an duine – air an robh Uisdean – smid.

Ann an ceann ùine mhòr thubhairt e, chuir m'athair a-mach às an taigh mi.

Cuin a bha seo, ars am poileas.

Tha bliadhnachan mòra bhuaithe; bha buaireadh againn mu dheidhinn a UDA agus chuir e mach mi. Bha an deoch orm. Thubhairt e rium gun tilleadh tuilleadh.

Co mu dheidhinn a bha am buaireadh?

Tha mi 'g innse dhut. Mu dheidhinn a UDA. A bheil fag agad?

Thug am poileas fag dha.

Nuair a chuir e mach às an taigh mi cha dubhairt mo mhàthair smid.

Seadh, ars am poileas.

Tha mi nise fuireachd 'nam aonar. Bha mi falbh le nighean ach dh'fhàg i mi. Carson?

Bha mi trom air an deoch.

An e Pròstanach a bh'innte-se?

'S e. Bha i 'g obair còmhla rium anns an aon oifis. Nuair a bha mi òg bhiodh na balaich eile a' fanaid orm. Bha mi beagan glugach. Ach fhuair mi seachad air.

Tha mi airson gun tig sinn air ais chun an duine a mharbh thu, ars am poileas.

Bha mi dol dhachaigh às an oifis 's chaidh mi steach a cheannachd pàipear. Bha uisge ann 's bha mo cheann goirt. Bidh mo cheann a' fàs goirt an dràsda 's a-rithist.

Sheas mi airson mionaid air an t-sràid 's thàinig e steach orm nach robh toileachas sam bith 'na mo bheatha. Tha cuimhn'am a bhith sealltainn ri bin a bh' air an t-sràid. Bin dubh 's e làn stuth de gach seòrsa. Bha e coimhead cho salach. Agus air cùlaibh a' bhin bha an t-adhar dearg. Agus chaidh nighean bhòidheach seachad. Bha briogais is seacaid uaine oirre. Rinn mi gàire rithe ach lean i oirre gun sealltainn rium.

Uill.....ars am poileas 's e a' toirt sùil air an leabhar a bha 'na làimh. Cha robh e air càil a sgrìobhadh.

Bha am bin a bha seo dubh. Agus chunna mi nighean eile dol seachad. Bha ise uabhasach bòidheach cuideachd. Tha gach nighean cho brèagha an-diugh. A bharrachd air a sin chunna mi troich a' gabhail seachad. Bha e cho beag ged a bha e coimhead làidir gu leòr. Chan fhaca mi troich a riamh ach ann an circus. Bhiodh mo mhàthair ga mo thoirt don circus nuair a bha mi beag.

Bha sàmhachd eile ann.

An urrainn dhut fag eile thoirt dhomh? arsa Uisdean. Thug am poileas dha fag.

Chan eil iad seo uabhasach làidir, arsa Uisdean. 'S e Capstans as àbhaist dhomh a bhith smocadh. Uill, bhon latha a chuir m'athair a-mach mi cha robh mi air ais aig an taigh. 'S e latha fliuch a bh'ann 's b'fheudar dhomh am bus a ghabhail. Bha mo mhàthair 'na seasamh aig an uinneig ga mo choimhead a' fàgail. Bha e ùine mhath mus d'fhuair mi obair anns a' bhaile mhòr. Cha robh mi riamh dèidheil air Glaschu. Far a bheil mi fuireachd tha tòrr onghail cuideachd. Tha boireannach os mo chionn 's bidh i cluiche ceòl gu reugan.

Ach nuair a ghearain mi ris a' phoileas 's a thàinig iad bha an t-àite cho sàmhach ri uaigh.

Chan eil fhios'am an do mhothaich thu ach chaill Alba ris an Eipheit an oidhche roimhe.

Chunna mi sin, ars am poileas.

Daoine dubha. Cò smaoinicheadh e? Am faca tu cho truagh 's bha na h-Albannaich.

O theab mi dìobhairt. Chan eil fiù nach eil na daoine dubha a' gabhail oirnn. Bhiodh iad a' falbh le na màileidean nuair a bha mise òg. Chan eil mi tuigsinn carson a tha iad a' cluich MacStay. Tha taobh aig a' mhanaidsear ri Celtic, tha sin cinnteach.

'S bha fhios'am gum biodh ùine agam ri feitheamh airson a' bhus, gu h-àraid aig an àm ud den fheasgar. Agus tha mi fàs sgìth den oifis anns a bheil mi 'g obair. Dh'iarr mi air an nighean ud a thighinn a-mach còmhla rium, ach nach ann a thòisich i gàireachdainn. Agus dh'innis i don fheadhainn eile e cuideachd. Chuir e am fag anns an ashtray agus thòisich e ga bhruthadh 's ga mhùchadh gus an deach an teine beag às. Mhothaich am poileas gur ann uaine a bha an ashtray. Cha robh càil a' dol ceart dha, ars esan ris fhèin.

'S bha e fhèin a' fàs sgìth cuideachd. Bha e airson a dhol dhachaigh.

Mu dheidhinn an duine seo, ars esan.

A bheil fhios agad chan eil càil a chuimhn'am co ris a bha e coltach, arsa Uisdean.

Carson a bha sgian agad?

Chan eil fhios'am. Uill aon turas 's mi aig mo dhiathad còmhla ri m'athair 's mo mhàthair, dh'iarr m'athair sgian orm. Theab mi a mharbhadh. B'fheudar dhomh grèim làidir a ghabhail air an sgian. Nach robh sin àraid?

An robh thu riamh ann an ospadal, ars am poileas.

Cha robh, arsa Uisdean le pròis. 'S ann glè ainneamh a bha mi tinn a riamh. Bha mi smaoineachadh nuair a sguir mi ghlugadaich gum biodh cùisean ceart gu leòr ach cha robh.

Bhithinn a' dol gu therapist. 'S e Miss Gillies a b'ainm dhi. Bha ise glè choibhneil.

Bhithinn a' dol thuice a h-uile Di-Màirt.

Chan eil mi tuigsinn carson nach fhalbh nighean sam bith leam. Agus dhìochuimhnich mi rud eile innse dhut. Bha troich eile – troich boireann – còmhla ris an troich a chunna mi dol seachad orm. Nach robh sin àraid? Troichean is daoine dubha is Eipheitich. Chan eil fhios co thuige a tha an saoghal a' tighinn.

Cha do dh'innis thu dhomh fhathast carson a mharbh thu an duine, ars am poileas.

Tha e àraid smaoineachadh gun do mharbh mi duine sam bith. A bheil thu cinnteach gu bheil e marbh?

Tha.

Nach eil sin àraid. Cha robh mi airson a mharbhadh idir.

Bha e sealltainn ri mo phàipear a' fiachainn ri a leughadh. Tha cuimhn'am air a sin.

Bha e marbh nuair a ràinig sinn, ars am poileas.

Thug mi dhaibh mo sgian, arsa Uisdean, nach tug.

Thug. Tha sin ceart.

Nach innis thu dhomh a-nis carson a mharbh thu e, ars am poileas.

Nach eil e soilleir gu leòr, arsa Uisdean. Bha an *Daily Record* agam. 'S e mo phàipear fhìn a bh'ann. Cha robh agam ach sin, nach eil thu a' coimhead. 'S bha e fiachainn ri thoirt bhuam. 'S ann leam a bha an *Daily Record* 's bha e fiachainn ri thoirt bhuam. Nach eil sin soilleir gu leòr?

Esan 'S an Cu

An latha bha seo bha mi còmhla ris, an dithis againn nar seasamh anns an iodhlainn. 'S e latha bòidheach earraich a bh'ann 's a' ghrian a' lasadh air a' mhuir mu choinneamh an taighe. Chunna mi a lèine a' gluasad anns a' ghaoith. Bha e tòrr na bu shine na mise, mu chuairt air ceithir fichead aig an àm, ged a bha e fallain gu leòr. 'S e fear mòr tapaidh a bh'ann, 's bha e nise air a dhreuchd fhàgail o chionn bhliadhnachan mòra. 'S ann ag obair air a' chidhe a bha a. Bha a bhean na b'òige na esan, 's i a nise a' nighe aodach anns a' scularaidh. Bhithinn ga coimhead glè thric 'na suidhe ann an cathair 's i coltach ri Buddha beag dearg-phluiceach, neo dola. Bha an dithis air pòsadh nuair a bha esan faisg air lethcheud, air dha tilleadh à Canada far an do chaith e mòran de bheatha.

Bha e 'g innse dhomh mu eachdraidh ann an Canada an dràsda fhèin 's a' ghlasach air chrith anns a' ghaoith.

Bhitheamaid a' dèanamh tòrr iasgach, ars esan, anns na h-aibhnichean, iasgach bhradan. Agus bha mi cuideachd ag obair air na h-elevators. Aon latha chaidh caraid dhomh a mharbhadh air elevator. Bha mi air pìos tombaca a thoirt dha 's an ath mhionaid thuit e steach don bheart agus chaidh a mharbhadh.

Bha e sàmhach airson greiseag. An sin lean e air. Bhiodh e toirt dhomh leabhraichean air iasad. Westerns. Balach snog.

Cho glan 's a bha a' ghaoth, a' ruith tarsainn air an iodhlainn. Is soitheach mhòr gheal a' gabhail seachad air a' mhuir. Sheall e rithe agus thubhairt e, 'S ann air soitheach ris an canadh iad an NUMIDIA a sheòl mise a Chanada. Bha grunn bhalaich air an t-soitheach às an eilean. Cattle-boat, sin a chanadh tu rithe. Bha aon fear air an t-soitheach 's bha e cumail a-mach gu robh e tinn 's bhiodh sinn a' toirt a bhiadh thuige, ach an latha a dh'èigh cuideigin gu robh Nova Scotia air fàire, leum e a-mach às a leabaidh coltach ri geàrr. Cha robh càil a' tighinn ris.

Bha e sàmhach a-rithist 's an dèidh sin thubhairt e, B'fheàrr leam nach robh mi air tilleadh à Canada.

A bheil sin ceart, arsa mise.

Tha, ars esan. Rinn mi mearachd tilleadh.

Sheall mi air feadh an iodhlainn. Bha seada innte far am biodh e cleachdadh innealan, ùird, is sgeilbean, 's nithean mar sin, 's bhiodh e dèanamh tòrr càraidh. Gheibheadh e feum à nì sam bith. Bha snèapan is càl is curranan is buntàta anns an lios, agus ri taobh an taighe bha cruach mhònach.

Fad na tìde air an latha lainnireach ud bha a shùil air an t-soitheach a bha tighinn a-steach do Steòrnabhagh. Sheall e ri uaireadair. Tha i nas fhadalaich an-diugh, ars esan.

O rinn mi mearachd ceart gu leòr, ars esan a-rithist. Choinnich mi aon turas ri fear às an Rubha 's bha e air a bhith ann an "gang" ann an New York. Chunna mi aon latha, 's e snàmh, làrach sgine air a dhruim. Thàinig esan dhachaigh ach thill e do na Stàitean a-rithist.

Bha e uabhasach anfhoiseil, 's a shròn thana a' tionndadh ris a' mhuir coltach ri gob faoileig. Shaoil mi nach robh e idir toilichte le bheatha.

An latha bha seo, ars esan, thàinig mi gu tuath mhòr ann an Ontario. Bha nighean anns an taigh nach robh pòsda 's bha fhios'am nam bithinn air a shon gu faodainn a pòsadh. Bha a h-athair uabhasach coibhneil. Ach an oidhche bha seo chuir mi gach nì a bh'agam ann am màileid 's dh'fhàg mi an taigh gun innse dhaibh. Bha mi òg is amaideach anns na làithean ud. Dh'fhaodadh tuath mhòr a bhith agam an-diugh ann an Ontario. 'S thug e sùil air an iodhlainn chumhang mun cuairt air.

Bha cat geal a' coiseachd air a' ghlasaich. Cha bhi mi ga leigeil a-steach idir, ars esan. Chan eil e glan gu leòr. Chunna mi gu robh lot air druim a' chait mar gum biodh e air a bhith sabaid. Bha e geal gu lèir, ach uabhasach tana, mar nach biodh e faighinn biadh gu leòr. Shuidh e sìos ann an còrnair far an robh blàths na grèine.

Bheil fhios agad, ars esan. Bha dùil 'am an toiseach a dhol don arm. Bha mi uabhasach dèidheil air an Arm. Ach an latha bha seo thubhairt caraid rium gu robh soitheach a' dol a sheòladh a Chanada 's thàinig e steach orm anns a' mhionaid gun togainn orm don dùthaich sin. Cheannaich mi deise airson deich tasdain 's bha mi deiseil airson fàgail. Tha mi smaoineachadh gur e sin a chosg mi air an deise.

Mu ar coinneamh bha fear 'na shuidhe air mullach taighe le òrd 'na làimh agus tairgnean 'na bheul. Bha na taighean gan ùrachadh le airgead bhon riaghaltas. Ach cha robh esan air a thaigh ùrachadh idir neo air cur ris ann an dòigh sam bith. Air an adhbhar sin bha a thaigh a' coimhead tòrr na bu shine na an fheadhainn mun cuairt air. Shaoil mi gu robh e fàs car spìocach, agus bha seo ri fhaicinn anns a' chidsin cuideachd oir chanadh e ri bhean, Tha thu air cus bhuntàta a chur air, neo, Na bi cur uimhir ghual air an teine. Agus cha do chleachd e bhith coltach ri sin: nuair a bha e òg bha e cho còir ris na faoileagan.

Bha sàmhachd mun cuairt oirnn ach an dràsda 's a-rithist gun tòisicheadh am fear a bha air mullach an taighe a' bualadh le òrd. Bha na tairgnean 'na bheul coltach ri fiaclan àraid.

Thòisich esan a' bruidhinn a-rithist. Bha mi coiseachd sìos sràid ann a Halifax, ars esan, agus thàinig e steach orm tilleadh don eilean. Chan eil càil a dh'fhios 'am ciamar a thachair e. Cha robh mi smaoineachadh airson còig mionaidean roimhe sin. Bha mi air tighinn a-mach à pub 's nuair a bha mi coiseachd sìos an t-sràid thàinig an smuain ud thugam. Bha mi fuireachd ann an luidseans aig an àm, 's chaidh mi dhachaigh, 's thòisich mi sàthadh m'aodach 'na mo mhàileid. Tha cuimhn' am gur e latha fuar a bh'ann, ach latha math tioram coltach ris an-diugh fhèin. Cha robh mi air a bhith anns an eilean airson còrr math air fichead bliadhna. Nuair a bhàsaich m'athair is mo mhàthair thubhairt mi ri mo bhràthair gu faodadh esan a' chroit a ghabhail os làimh. Cha robh dragh agam aig an àm dè thachradh dhomh.

Bha an t-soitheach a-nise a' tighinn a-steach chun a' chidhe. Bha daoine 'nan seasamh a' feitheamh rithe. Chithinn an gangway ga chur sìos.

Chan fhaca tu càil a riamh cho mìorbhaileach ris na Niagara Falls, ars esan. Bùrn a' dòrtadh 's a' ruith gun sgur. Ach aig amannan cuideachd bha sinn uabhasach bochd. Bha 'soup kitchens' aca aig an àm ud ach cha bu chaomh leam a bhith gabhail carthannas, cha robh càil agam mu dheidhinn. Sin as coireach nach do chuir mi steach a riamh airson 'grant' ged a tha mo bhean an còmhnaidh a sàs annam gun dèan mi sin.

A bheil fhios agad nuair a chaidh mi a Chanada an toiseach, bha mi 'g òl gun sgur. Ach a-nise chan eil mi fiù a' gabhail gloinne lionn. 'S tha mi air sgur a' smocadh. Bhithinn a' smocadh trì fichead toit anns an latha nuair a bha mi ann an Canada. Theab mi mi fhìn a mharbhadh leis an smocadh. Bhithinn a' coimhead gu leòr Gaidheil anns na pubaichean 's cha robh dùil sam bith aca tilleadh dhachaigh. Ach an dè fhèin bha mi bruidhinn ri fear a tha toilichte gu leòr a bhith aig an taigh. Tha a mhac a' seallltainn às a dhèidh, bhàsaich a bhean, bidh a mhac ga thoirt air feadh an eilein ann an càr. Cha do dh'ionnsaich mi dràibhcadh a riamh. Bu chòir dhomh bhith air sin a dhèanamh.

A bheil fhios agad nuair a bhios mi shìos aig a' chidhe, bidh mi sealltainn ri na soithichean 's bidh e tighinn a-steach orm gum bu chòir dhomh leum air tè dhiubh agus an saoghal mòr a thoirt orm. Nach eil sin amaideach aig m'aois-sa. Ach tha soithichean an latha an-diugh nas grinn 's nas comhfhurtail na'n fheadhainn ris an robh sinne cleachdte. Bha sinn paisgte am-measg a chèile coltach ri sardines. Ach tha aon rud cinnteach, cha robh tinneas-mara orm riamh.

Agus bha e coimhead pròiseil airson mionaid.

Ach 's e bu choireach ri sin gu robh mi 'g obair air na bàtaichean-iasgaich mus tug mi Canada orm.

Bha an cat geal 'na shuidhe fhathast anns a' ghrèin, a' priobadh a shùilean 's bha am muir a-nis falamh gun aon shoitheach air fheadh.

Bha mi suas ri leth-cheud mus do phòs mi, ars esan. Bha feadhainn de na balaich a bha còmhla rium ann an Canada aig a' bhanais. Tha mi cinnteach nach do dh'òl mi pinnt bhon oidhche sin fhèin.

A bheil fhios agad gu robh fear de na Jehovahs Witnesses aig an doras an dè, a' faighneachd dhomh an robh fhios'am air a' Bhìoball. Smaoinich thusa. Fear beag le clup goirid air. Thòisich e mach air Daniel, 's thubhairt mi ris gu robh barrachd fios agam air a sin na e fhèin. 'S dh'fhiach e ri leabhraichean a reic rium. Ach dhiùlt mi iad. Bha e ag iarraidh fichead sgilling orra. Bha feadhainn dhiubh an Canada cuideachd.

A bheil fhios agad gu robh mi aig na Niagara Falls ann an Canada. Chan fhaca tu leithid a bhùrn riamh a' dòrtadh gun sgur, 's fuaim a bha iad a' dèanamh. 'S an neart a th'aig a' bhùrn ud. Chan eil càil coltach riutha ann am Breatainn. Bhiodh iad a' toirt dhut oiliesgein bhuidhe airson do chumail tioram, 's chitheadh tu am bùrn ud a' dòrtadh. Uaireannan bhiodh cnapan mòr deigh ann cuideachd, ach 's ann as t-earrach a bhiodh sin.

O na nithean a chunna mise ann an Canada. Bha mi ann an Toronto 's cha do dh' fhairich mi fuachd coltach ri siud a riamh. Cha mhòr nach toireadh e an t-sròn bhuat. A bheil fhios agad gur e na h-Innseanaich Dhearga a bhiodh a' togail na skyscrapers. Chan eil eagal sam bith orra roimh àirde. Tha mi cinnteach nach robh fhios agad air a sin. 'S ann a tha iad coltach ri cait.

Bha an cat geal a' sealltainn ruinn fad na tìde. Mach à seo, dh'èigh e ris. Mach à seo.

Cha bhi mi ga leigeil a-steach idir, ars esan. Tha cait cho salach. Ach bidh e cumail na luchainn air falbh.

'S ann a bha an cat coltach ri taibhse, a' sealltainn ris à saoghal eile.

Nam bithinn air fuireachd ann an Canada chan eil fhios nach robh mi air "foreman" fhaighinn. Ach anns na làithean ud bha mi cho gòrach, cha robh mi airson fuireachd ann an aon àite. Ach chan eil mi cho gòrach a-nis 's a bha mi.

Agus seall an t-airgead a tha daoine a' dèanamh an-diugh. Anns a' Chuan a Tuath tha iad a' cosnadh ceithir cheud nota anns an t-seachdain. Agus mas e "diver" a th'annad chan eil fhios dè dh'fhaodas tu a chosnadh. Cealla-deug air 's cealla-deug dheth, sin a bhios iad a' dèanamh.

'S bha uaireannan ann an Canada a bhiodh ar stocainnean a' reothadh ri ar casan. Smaoinich thus air an sin! Agus a' dol cho cruaidh ri iarann. Ach aig a' cheart àm bu chòir dhomh a bhith air fuireachd ann an Canada. Ann a Vancouver. Sin àite cho àrd cuideachd. Shealladh tu suas 's chan fhaiceadh tu am mullaichean. Douglas Firs 's a leithid.

Bha mi shìos aig a' chidhe an latha roimh, ars esan, 's bha an t-soitheach seo a' fàgail 's a bheil fhios agad gun do theab mi leum oirre gun smaoineachadh. Bha mi 'nam bhalach òg a-rithist.

Cha robh càil a dhùil'am a riamh gum pòsainn. Ach tha an t-aonaranachd a' tighinn air duine gun fhios dha, 's feumaidh e fuireachd ris an teine, a' leughadh a' phàipear an àite a bhith a' coimhead an t-saoghail mar bu chòir dha.

Nam bithinn air fuireachd ann an Canada chan eil fhios an robh mi air pòsadh idir.

'S ann aig m'athair a bha an taigh seo. Cha robh esan a riamh a-mach às an eilean ach nuair a bha e anns a' chogadh. A' chiad chogadh. Bha e anns na Seaforths. As dèidh dha tilleadh às a' chogadh bha e aig an iasgach. Cha robh e fiù air pleuna fad a bheatha. 'S bhiodh mo mhàthair 'na suidhe ris an teine a' fighe. Sin a' chuimhne th'agam oirre.

An oidhche mus do phòs mi theab mi ruith air falbh. Bha mi riamh cho aotram 's bha eagal orm roimhn phòsadh. Bha mi faireachdainn mar gum biodh mo bhroilleach a' teannachadh, mar gum biodh sèinichean a' dol orm. Ach co-dhiù phòs mi 's tha mi nise far a bheil mi.

Ach bidh mi bruadrachadh glè thric air Canada. An oidhche roimhe bha mi ga mo choimhead fhìn ag iasgach airson bhradan, 's dithis eile anns an aon eathar. A bheil fhios agad gu bheil an dithis aca marbh. Ach bha na bradain a' dòrtadh a-steach don eathar coltach ri airgead. Ach a bheil fhios agad dè rud bu mhìorbhailich buileach. Bha mi anns an eathar seo agus aodach na Sàbaid orm. Ad dhubh is deise dhubh. Nach robh sin fhèin àraid?

Chaidh e air chrith mar gum biodh e faireachdainn an fhuachd agus thubhairt e, 'S fheàrr dhuinn a dol a-steach. Tha a' ghaoth seo fuar.

Chaidh sinn a-steach. Bha a bhean fhathast anns an scularaidh. Shuidh e air cathair 's thog e pàipear-naidheachd bhon làr. Bha cù beag bochd 'na shuidhe ris an teine.

Anns a' mhionaid thàinig gamhlas uabhasach 'na ghuth agus dh'èigh e ris a' chù. A-mach à seo thu, chan eil thu dèanamh càil ach suidhe ris an teine. Agus bhuail e an cù le chas. Mach à seo, thoir an saoghal mòr farsaing ort. Leig an cù sgriach 's ruith e mach às an taigh. Shuidh esan 's thòisich e leughadh a' phàipeir. Ann an ceann ùine ghoirid thuit e 'na chadal.

Shuidh mi air cathair a' smaoineachadh air Canada agus a' cluinntinn seirm a' bheart-nighe a' tighinn bhon scularaidh far an robh a bhean ag obair.

Am Bàrd

Bhithinn ga choimhead gach latha aig a' chòmhdhail neo conference a bha seo, 's e tòrr na b'àirde na daoin eile, agus e aonaranach, agus sgeadaichte an còmhnaidh ann an aodach uabhasach dathte (aon turas bha deise phinc air.) 'S e bàrd mòr a bh'ann anns an Roinn Eòrpa Earail, agus mu fhichead bliadhna air ais bha e da-rìribh ainmeil (ged a tha e ainmeil fhathast cuideachd). Agus anns an linn ud bhithinn a' leughadh mu dheidhinn gun sgur, mar a bha e seasamh a-mach an aghaidh riaghaltas coirbte a rìoghachd, mar a bha e greiseag anns a' phrìosan, mar a bha am poileas a' tighinn gu a dhoras aig uairean sa' mhadainn, mar a dh'aindeoin sin a bha e sgrìobhadh.

Tha mo rìoghachd coirbte, bha e 'g ràdh, 's nuair a sgrìobhas mi 'na h-aghaidh 's ann ga dìon a tha mi.

Shaoil mi gach latha 's e ag atharrachadh aodach gun sgur, 's gach deise na bu dathte na an tè a chaidh roimhpe, gu robh e airson daoine mothachadh dha, gu robh uaill àraid 'na nàdur. 'S ann a bha e coltach ri peucag a chunnaic mi uair air an eilean air an robh a' chòmhdhail, 's i a' cur a-mach a sgiathan iomadhathte. Stadadh e aig bàrr na staidhre a' sealltainn mun cuairt air, gus am faiceadh gach duine e. Agus bha a shùilean loisgte, sgìth.

Aon oidhche bha e leughadh a bhàrdachd fhèin, 's grunn math ag èisdeachd ris. Bha dithis bhoireannach a' leughadh na bàrdachd ann am Portuguese, 's ann am Beurla, tè reamhar 's tè thana bhòidheach, 's bha e bruidhinn riutha gun sgur, 's a' toirt òrdughan dhaibh, 's a' gluasad a' mhicrophone suas is sìos. An dràsda 's a-rithist thigeadh gàire bòidheach, fosgailte, gu aodann, mar gum biodh e air suids a chur air. Nuair a bha na boircannaich a' leughadh a bhàrdachd bha e sealltainn ris an luchd-èisdeachd fad na tìde mar gum biodh e ag ràdh, Nach eil sin a-nise math! Fad na tìde bha feadhainn a' gabhail dhealbh dhe. Bha e toirt pòg do na boireannaich nuair a sguireadh iad a leughadh aon de na dàin aige.

Nuair a bha e fhèin a' leughadh cha robh e cleachdadh pàipear neo leabhar.

Bha gach facal, dh'aithnichinn, cudthromach dha mar gum b'e armachd a bh'ann. Aon turas thubhairt e, Seo an dàn a chuir don phrìosan mi, 's rinn e gàire taitneach. Bha e ruith a-null 's a-nall, 's a' sgaoileadh a ghàirdeanan, a' gabhail a' mhicrophone 'na làmhan 's a' bruidhinn uaireannan gu socair ann.

'S fad na tìde bha mi smaoineachadh, Bha an duine seo uair anns a' phrìosan air sgàth a bhàrdachd, chan eil fhios nach deach a cheusadh airson a bhàrdachd. Bha e ann an rùm dorch, bha eagal air, bha e 'na aonar, ach a dh'aindeoin sin lean e air, 's a-nise tha e saor, 's faodaidh e deise phinc a chur air, mas e sin a thoil.

Uaireannan nuair a bha e leughadh 's ann a shaoileadh tu gur e leanabh a bh'ann 's e sùileachadh moladh bhon luchd-èisdeachd. Seallaibh rium-sa, cha mhòr nach robh e ag ràdh, nach eil a' bhàrdachd agam mìorbhaileach.

Dh'innis e dhuinn gun do chuir ceannard a rìoghachd fòn thuige aig meadhon oidhche a' toirt rabhadh dha sgur den t-seòrsa bàrdachd a bha e sgrìobhadh, 's gu robh còmhradh fada aca.

'S math dh'fhaoite gur e seo bu choireach nach robh pàipear neo leabhar aige oir cha bhiodh iad aige anns a' phrìosan.

Nuair a bha mi coiseachd anns an lobaidh san taigh-òsda, an oidhche sin, chunna mi e coiseachd 'na aonar mar a b'àbhaist. Chaidh mi suas thuige 's thubhairt mi ris gu robh mi dol gu mo dhìnneir. An robh e airson a thighinn.

Rinn e gàire fosgailte tlachdmhor ris an robh mi fàs cleachdte agus thubhairt e gun tigeadh. Choisich sinn sìos an staidhre còmhla, esan cho àrd ri mo thaobh 's deise uaine air an turas seo.

Nuair a bha sinn nar suidhe a' gabhail ar biadh, fhuair mi mach nach robh sgrìobhadair mòr sam bith air nach robh e eòlach. Bha e air coinneachadh ri Marquez, Amichai, Greene, 's mòran eile.

Bha mi uair ann an Cambridge, ars esan le gàire, agus sheall e rium le sùil mhear mar gum biodh e 'g ràdh gu robh Cambridge aig deireadh an t-saoghail.

Ghabh e bhiadh gu math toileach, a' sealltainn ris a' mhenu gu cùramach.

Thòisich e 'g innse sgeulachd dhomh mu dheidhinn bean seanalair leis an robh e falbh anns an Spàinn.

Bha i uabhasach bòidheach, ars esan, 's bha sinn a' coinneachadh fo dhrochaid. Bha amharas aig an t-seanalair dè bha tachairt ach bha e aig mòran choinneamhan. Bha i uabhasach bòidheach. Dè seòrsa fìon a tha seo, tha e glè mhath. Tha i nise marbh, chuala mi gun do bhàsaich i. Chaidh mo rumannan a rannsachadh iomadh uair. Tha mi creidsinn gu robh iad a' lorg litrichean bhuaipe.

Chan eil fhios nach e cur às dhi a rinn e.

Am Bàrd

Bha e air a bhith pòsda trì turais, thubhairt e rium. Ach bha mi air falbh cho tric bhon taigh. Ciamar a b'urrainn iad sin a ghiùlain. Agus bha iad ceart cuideachd. Tha còignear chloinne agam.

Ach nam biodh tu air coimhead an t-seanalair a bha seo. Bha a bhroilleach làn mheadailean. 'S aodann mòr dearg air. 'S ann a bha e coltach ri bratach. Ach cha robh mòran agam a riamh mu dheidhinn na Spàinn.

Ann an Cambridge, ars esan, choinnich mi ri tè thana chaol a bha an còmhnaidh a' leughadh Wittgenstein. 'S rinn e gàire.

A bheil a' chòmhdhail seo a' còrdadh riut, ars esan. Chan eil mise a' smaoineachadh gu bheil an ceann-suidhe a th'aca freagarrach. Tha a bheul coltach ri sporan dùinte. An do mhothaich thu den sin? Gabhaidh mi Capuccino.

Nuair a bha mise fàs suas, ars esan, bha mi bochd. Ach thòisich mi sgrìobhadh nuair a bha mi òg. Chan eil rìoghachd air an t-saoghal cho bòidheach ri mo rìoghachd fhìn. Ach bidh a h-uile bàrd ag ràdh sin. Tha mi nise sgrìobhadh mòran rosg.

Sgrìobhainn bàrdachd ann an àite sam bith, uaireannan às dèidh pàrtaidh bidh mi 'g èirigh tràth anns a' mhadainn 's a' sgrìobhadh. Tha cuid ag ràdh gu bheil mi sgrìobhadh cus ach chan eil mi smaoineachadh gu bheil sin ceart. Tha feadhainn eile ag ràdh gur ann à uaill a sheas mi mach an aghaidh an riaghaltais, a chionn 's gu faighinn m'ainm anns na pàipearan-naidheachd. 'S rinn e gàire. Uill, faodaidh iad sin a ràdh, tha e fosgailte dhaibh sin a dhèanamh.

A bheil fhios agad gun do choinnich mi ri geàrd a bha leughadh mo bhàrdachd. Dh'iarr e orm m'ainm a chur ri aon de mo leabhraichean. 'S bha e air chrith fad na tìde, a' sealltainn mun cuairt air.

Ach 's e an t-aonaranas a bu mhiosa, na ballachan mun cuairt ort 's tu cantainn riut fhèin, An urrainn dhomh dàn a sgrìobhadh tuilleadh. Bha mo bhean a' sgrìobhadh thugam nuair a bha mi anns a' phrìosan ach nuair a fhuair mi mo shaorsa thòisich mi falbh le boireannaich eile. O 's e trusdair a th'annam ceart gu leòr.

Bha e airson pàigheadh airson a dhìnneir ach cha leiginn dha. Ach feumaidh mi seo innse dhut, ars esan. 'S e an nighean air am bi mi smaoineachadh glè thric nighean òg às a' bhaile againn fhìn. Bhithinn a' dol a thadhal air a h-athair. 'S an oidhche bha seo bha mi fhìn 's i fhèin a' cluich air draughts. Bha ar casan a' beantainn ri chèile fad na h-oidhche 's bha a h-athair 'na shuidhe air cathair 's e a' smocadh pìob. Bidh mi smaoineachadh oirre glè thric. 'S nam bithinn air a pòsadh càit am bithinn an-diugh. Fhathast anns a' bhaile sin a' smocadh pìob.

Choisich sinn air ais chun an taigh-òsda anns a' chamhanaich. Uill, tapadh leat airson an dìnneir, ars esan 's le sin dh'fhàg mi e. An ath mhadainn cha do bhruidhinn e rium ged a bha sinn aig an aon bhòrd.

An Uilebheist

Nuair a bha mi tighinn dhachaigh air an trèana, bha fear mòr reamhar 'na shuidhe mu mo choinneamh. Bha e ag òl uisge-bheatha à botal, 's turas neo dhà thairg e am botal dhomh ach dhiùlt mi e. Bha stoc gorm Rangers mu amhaich agus bha e leughadh *Rangers News*.

Nuair a ràinig sinn a' Chrianlàraich, stad an trèana 's bhruidhinn e ri fear de na portairean a-mach air uinneig na trèana.

Thug Rangers dhaibh an donas an-diugh, ars esan. Fenians na bids'.

Thàinig fear eile a-steach, 's màileid air a ghualainn a chuir e aig a chasan. Bha e coimhead liugach, sàmhach. Thug e mach leabhar 's thòisich e ga leughadh. Chunnaic mi gur ann mu Eilean I a bha an leabhar, 's an dràsda 's a-rithist bha e toirt sùil air an fhear eile a bha crathadh an stoc os a chionn 's ag èigheachd "McCoist".

Ghluais an trèana gu socair 's thubhairt e rium, Chuir sinn às do na Fenians an-diugh. Cha bhi am Pope toilicht a-nochd. A bheil thu coimhead an stoc sin, 's e stoc Rangers a tha sin, chan eil club air an t-saoghal coltach riutha. 'S a bheil thu coimhead sin? 'S e Làmh Dhearg Ulster a tha sin. Battle of the Boyne, eh?

'S thòisich e seinn sreathan den Sash.

Chunna mi am fear eile a' sealltainn ris air oir an dràsda 's a-rithist mar nach robh e creidsinn dè bha e coimhead.

Raibeart Burns, eh, ars esan. Bàrd mòr a bha sin. A man's a man, eh. An do leugh thu Raibeart Burns. Fear coltach ruinn fhìn, eh. We are the boys, eh.

'S ann a bha e coltach ri uilebheist a chitheadh duine ann an leabhar.

Tha mi dol dhachaigh don Oban, bha e 'g ràdh. Chan eil duine coltach ri na Pròstanaich. UDA, eh. Sin na balaich.

Thog mi orm don taigh-bheag 's nuair a bha mi tilleadh, thachair mi ris an fhear eile, 's e 'na sheasamh anns an trannsa.

Rinn mi mach ann an ùine ghoirid gur e Gearmailteach a bh'ann, ged a bha a' Bheurla aige uabhasach math.

An dùil, ars esan ann am Beurla, am beir sinn air an aiseag.
Càit a bheil thu dol? arsa mise.
Tha mi dol do Eilean I, ars esan.
Tha sinn a' ruith ri tìde, arsa mise, a' toirt sùil air m'uaireadair.
Dè tha thu dol a dhèanamh ann an Eilean I?
Tha mi dol a-steach airson na ministearachd, ars esan. Tha mi airson an eaglais fhaicinn agus cuideachd tha sinn gu bhith cnuasachd air a' Bhìoball.
Thug mi sùil a-steach air an doras far an robh mo charaid fhathast ri seinn 's a' crathadh a stoc anns an adhar.
Tha fhios agad air eachdraidh Eilean I, arsa mise.
Tha fhios'am gur e Columba a thàinig à Eirinn.
Tha sin ceart, arsa mise. A bheil fhios agad gur e na manaich a' chiad fheadhainn a chunnaic uilebheist Loch Nis.
A bheil sin ceart, ars esan.
Tha mi smaoineachadh gur e Adamnan a sgrìobh sin, arsa mise.
A bheil thu coimhead an fhear sin, arsa mise. Fiach mus mol thu na Pàpanaich neo leumaidh e ort.
Sheall e rium le iongnadh.
Nuair a chaidh sinn a-steach a-rithist don charriage thubhairt e ris a' Ghearmailteach, Dè 'n t-ainm a th'ort?
Rudi, ars an Gearmailteach.
Co às a tha thu?
A Cologne.
Glè mhath, glè mhath, ars esan. 'S e Pròstanaich a tha anns na Gearmailtich.
Dh'fhaighnich e dhomh fhìn dè bha mi dèanamh.
Sgrìobhadair a th'annam, arsa mise.
Dh'fhosgail e mach iris a bha e leughadh. Eisd ri seo, ars esan.
"When next you read a book by one of these you might consider that they are all on record as being on the side of the IRA; Pinter, of Caretaker fame, Margaret Drabble, who writes very boring books, and many others of their ilk. If you wish to protest you can get in touch with them at these addresses."
Chuir e iongnadh mòr orm, chan eil fhios'am carson, mar a thàinig e mach leis na facail ud.
Bha thu smaoineachadh gur e amadan a bh'annam, ars esan.
Cha robh, arsa mise.
Tha tòrr naidheachdan anns an iris seo. Chuir e òrdag air mar gum b'e am Bìoball a bh'ann.
Bha thu smaoineachadh gur e sgoilear a bh'annad-sa 's nach robh annam-sa

ach amadan. Innis dhomh a-rèisd cò bha an Eirinn an toiseach, eh?

Chan eil fhios'am, arsa mise.

Seall a-nis, ars esan.

Bha mi coimhead 'nam inntinn Colum Cille a' cur air tìr ann an Eilean I, 's an t-uisg' a' dòrtadh air. Nach robh rudeigin anns an sgeulachd aige cuideachd mu dheidhinn each geal.

No surrender, bha e 'g èigheachd. 'S a bheil fhios agad carson? A chionn gu robh sinn a' sabaid anns a' chiad chogadh 's nach robh iadsan. An robh fhios agad air a sin? Tha mise cumail taic ris a' bhànrigh ach chan eil ri Mrs Thatcher. 'S dh' fhàs aodann dearg is fiadhaich. Rinn ise brath oirnn.

Càit a bheil thu dol, ars esan ris a' Ghearmailteach. Tha na Gearmailtich tòrr nas fheàrr na na Frangaich. 'S e Pàpanaich a th'anns na Frangaich.

Don Oban, ars an Gearmailteach.

Glè mhath, glè mhath, ars esan. Càit a bheil thu dol a dh'fhuireachd.

Anns a hostel, ars an Gearmailteach.

A bheil fhios agad gum bu chòir do Hitler a bhith air cur às do na Pàpanaich, ars esan. Chan eil na h-Iùdhaich cho dona ri na Pàpanaich. Bha am Pàpa air taobh Hitler co-dhiù.

An robh na Nazis na bu mhiosa na an IRA, ars esan rium-sa.

Uill, arsa mise.

Chan eil thu 'g ràdh mòran. Tha thu smaoineachadh nach eil càil a mhath a bhith 'g argumaid ris an amadan seo. Ach tha thu ceàrr. Bha mise anns an sgoil cuideachd.

Chunna mi Colum Cille air Eilean I. Mun cuairt air bha an cuan mòr gorm. 'S e duine rìoghail a bh'ann agus sheòl e à Eirinn. Bu chòir barrachd fios a bhith agam mu dheidhinn. A bheil fhios agad co mheud Pròstanach a chaidh a mharbhadh am bliadhna, ars esan a-rithist.

Chan eil, arsa mise.

Carson a rèisd a tha thu bruidhinn, ars esan. Chan eil fhios agad air nì. Dè bhios tu sgrìobhadh?

Nobhailean, arsa mise.

Nobhailean, ars esan le tàire.

Leugh thusa an iris seo agus gheibh thu mach an fhìrinn. Gheibh thu mach co mheud sagart a th'anns an IRA.

Nach mi tha aineolach, arsa mise rium fhìn. Chan eil fhios'am air nì a dh' àichidheas argumaidean an uilebheist seo. A thàinig a-mach à Loch Nis.

Bha an Gearmailteach a' sealltainn ris an dithis againn. Dè bha e dèanamh den chòmhradh seo. Agus an dùil an e Nazi a bha 'na athair.

Bha an trèana a' ruith gu slaodach troimh'n dorchadas. Agus bha Eilean I fad air falbh am meadhon a' chuain.

An trèana làn Iùdhaich.

Hang the Pope on an orange rope, bha e seinn.

Ropa orange a' teàrnadh a-nuas às an adhar.

Cha b'fhada gus am feumainn an trèana fhàgail oir cha robh agam-sa ri dhol cho fada ris an Oban.

Leugh thusa Raibeart Burns, ars esan rium. Bha Burns anns an Orange Lodge. An robh fhios agad air a sin, eh. 'S e freemason a bh'ann dheth. A man's a man.

That man to man the warld oer shall brithers be for a' that.

'S chuir e ghàirdean mun cuairt a' Ghearmailtich.

Tha sibh math air futball. Beckenbauer, eh.

Leis a sin thàinig an trèana gu stad 's b'fheudar dhomh a fàgail.

Oidhche mhath don ùghdar, dh'èigh e.

Bha Eilean I a-muigh anns a' chuan fad air falbh.

Bha thu smaoineachadh gur e sgoilear a bh'annad, arsa mise rium fhìn le fearg. Chuir e nàire orm nach robh mi domhainn gu leòr ann an Eachdraidh na h-Eirinn airson casg a chur air fear Rangers, agus 's e an tàmailt sin a bha gam lìonadh 's mi air mo shlighe dhachaigh 's a' faicinn solas na trèana a' fàs na bu lugha 's na bu lugha 's i air a slighe don Oban.

Solas dearg cunnartach na trèana.

An Drochaid

'S e àite inntinneach a th'ann an Israel. Chunna sinn Nàzaret is Betlehem, is saighdearan le gunnachan air na sràidean. Choisich sinn suas a Via Dolorosa far na choisich Crìosd e fhèin, 's chunna sinn làrach a làmhan air a' bhalla. (Bha saighdearan an sin cuideachd 'nan aodach uaine). Bha sinn ann an iomadh eaglais. Chunna sinn air na busaichean saighdearan òga. Clann-nighean is balaich, 's iad ag èisdeachd ri òrain 'pop' air na rèidios a bh'aca.

Aon latha sheas sinn aig Masada far an do mharbh na h-Iùdhaich iad fhèin mus fhaigheadh na Ròmanaich grèim orra. Chunna sinn làrach an àite anns an robh na Ròmanaich a' càmpadh. Agus smaoinich sinn air na h-Iùdhaich a' taghadh an fheadhainn a bha dol gam marbhadh. Chan eil mi smaoineachadh gun deach duine fhàgail beò anns an dùn.

Bha sinn air na Golan Heights agus chunna sinn tanca bhriste am-measg dhìtheanan. Bha teaghlach Eireannach air a' bhus agus shuidh an nighean anns an tanca. Bha seilleanan a' seirm mun cuairt oirnn anns an t-sàmhachd.

Bha sinn cuideachd ann an kibbutz. Chaidh an kibbutz seo a thogail ann am meadhon bhoglach a bha cunnartach le fiabhras. B' fheudar dhaibh a' chlann òga a chumail ann an rùm leotha fhèin mus glacadh iad galair. Ach an-diugh tha crodh aca, tha factoraidh bhrèagh aca cuideachd, 's nursaichean is dotairean is tidsearan dhaibh fhèin. Bha iad air taigh-cluich mòr a thogail, cuideachd.

Còmhla ruinn bha dithis à Cornwall 's iad air ùr phòsadh. Bha tuath aca ann an Cornwall agus bha iad a' faighneachd cheistean an còmhnaidh anns a' kibbutz: co mheud bò a bh'aca? Dè uiread a bhainne a bha iad a' faighinn? Bha iad an còmhnaidh a' pògadh a chèile, esan àrd tapaidh bàn 's ise tapaidh cuideachd. Bha esan uabhasach math air dèanamh a-mach staid an nota air a' mhargaid. 'S e Jim a b'ainm dha agus Marion a b'ainm dhìse.

'S ann à Iraq a bha am fear-seòlaidh a bh'againn. Aon latha dh'innis e dhuinn gum b'fheudar do a theaghlach Iraq fhàgail gun nì aca. Bha iad a' fuireachd ann an teanta airson ùine mhòir. Bha e fhèin anns na paratroops nuair a bhiodh cogadh ann.

Bha sinn a' falbh am-measg shràidean aosda Ierusalam far an robh na h-Arabs a' fuireachd. Bha a' chlann a' ruith às ar dèidh le postcards a' fiachainn ri an reic ruinn, oir bha na sgoiltean dùinte a-rèir òrdugh nan Israelis.

Bha Latha Saorsa neo Independence Day ann nuair a bha sinn anns an rìoghachd. Chunna sinn pleunaichean Israeli a' sgiathaich, 's a' tarraing às an dèidh ceò air dath bratach na rìoghachd.

Cha robh fiù nach robh sinn anns an fhàsach am-measg nan teantaichean far an robh treubhan fhathast ag ionaltradh ghobhair. Fhuair sinn tea mhilis ann an copanan beaga agus chunna sinn boireannach mòr reamhar bhon bhus a' dìreadh càmhal.

Bha an dithis à Cornwall gar leantainn fad na tìde. Shuidheadh iad còmhla ruinn's dh' òladh an ceathrar againn lemonade. Bheireadh Jim a-mach às a phòcaid an t-airgead ceart. Shaoil mi gu robh e car mosach. Ach bha e an còmhnaidh a' ceannachd ghibhtean do Mharion, uaireadair is leugan bòidheach. Bhiodh shorts air an còmhnaidh agus lèine a bha fosgailte aig an amhaich. Aon turas thachair sinn ri dèirceach. Thug mo bhean airgead dha ach cha tug esan sgilling (neo shekel) dha. Uaireannan bhiodh an dithis aca a' falbh leotha fhèin gu àitichean coltach ri Tel Aviv.

Cha shaoileadh duine gu robh ùpraid sam bith ann an Israel oir cha deach sinn faisg air na ceàrnaidhean far an robh sabaid, far an robh muinntir Phalestine a' sadail chlachan air na h-Iùdhaich.

Bha sinn ann an Gàrradh Ghethsemane far an robh Crìosd uair a' gal. Bha e sàmhach ach cha robh na seilleanan a' seirm. Chunna sinn Ierusalem bhon chnoc a bha os a chionn agus cearcall shaighdearan ga chuartachadh.

Thachair sinn ri boireannach a dh'innis dhuinn gun do dhràibh i a mac chun a' chogadh 'na càr fhèin, agus gun do dh'fhàg i ann an sin e. "Theab mo chridhe briseadh", ars ise.

An rìoghachd bheag ud, Israel, bha i cho beag. Bha i na bu lugha na Alba fhèin.

Bha sgeulachdan a' Bhìobaill a' tighinn beò mun cuairt oirnn. Bha Saul is Dàibhidh beò fhathast.

Bha sinn cuideachd aig a Holocaust Museum. Ann an aon rùm, a bha buileach dorch ach a-mhàin airson solas choinnlean, chuala sinn guth a bha ag aithris ainmeannan na cloinne a chaidh a mhurt. Bha an rùm coltach ri adhar loma-làn de rionnagan.

Ann am pàirt eile den Mhuseum chunna sinn video ag innse eachdraidh an àm ghrànda ud, 's bha clann Fhrangach a' ruith air fheadh, 's an tidsearan ag èigheachd riutha.

Bha fear à Peairt còmhla ruinn agus bha e an còmhnaidh a' dèanamh mhearachdan. Aon turas ghlais e e fhèin ann an lioft, agus turas eile chaill e fhiaclan. Cha robh duine air a' bhus cho grinn ris, deise bhrèagha shoilleir air is stoc bhrèagha aig amhaich.

An latha bha seo stad sinn aig drochaid. Thubhairt am fear-seòlaidh ruinn, "Tha sgeulachd co-cheangailte ris an drochaid seo. An dithis a choisicheas tarsainn air ann an làmhan a chèile cha dhealaich iad a chaoidh. Thionndaidh sinn uile ri Jim is Marion agus dh'fhàg iad am bus 's choisich iad tarsainn air an drochaid, agus thug iad pòg dha chèile. Thòsich a h-uile duine air a' bhus a' clapadh an làmhan. Nuair a thill iad air ais don bhus bha rudhadh air gach gruaidh.

Am pàirt anns an robh na Palestinians a' fuireachd, bha e uabhasach truagh is bochd, ach bha taighean bòidheach aig na h-Iùdhaich. Bu chòir dhaibh barrachd a dhèanamh do na daoine seo, arsa mi fhèin. 'S e sgudail stuth a bha iad a' reic anns na bùithtean agus aocoltach ri na h-Iùdhaich bha iad a' coimhead leisg ach coibhneil.

Tha na Palestinians a' sadail chlachan orra ceart gu leòr ach smaoinich mi air m'òige nuair a bhiodh a' chlann a' sadail chlachan air a chèile nuair a bhiodh a sgoil crìochnaichte.

Agus anns a' phàipear bha Shamir ag ràdh nach toireadh e aon òirleach do na Palestinians.

Thubhairt iad ruinn ann a kibbutz nach robh cùisean uabhasach math. Bha daoine ag iarraidh a bhith na bu shaoire na chleachd iad. Agus cuideachd ghabh feadhainn airgead bho na Gearmailtich mar chuidhteachadh, agus feadhainn eile nach do ghabh. Air an adhbhar seo bha airgead aig feadhainn anns a' bhanca, agus cha robh càil aig feadhainn eile. Cuideachd nuair a bha na balaich a' dol don arm, bha iad a' coimhead saoghal ùr, 's cha robh iad a' tilleadh don khibbutz.

An oidhche mus do dh'fhàg sinn thug sinn ar seòladh do Mharion is Jim agus thug iasdan an seòladh fhèin dhuinne. Thubhairt iad gun tigeadh iad a shealltainn oirnn, agus thubhairt sinne an aon rud riutha-san. Bha iad a' falbh ann an làmhan a chèile fhathast, dìreach mar gum b'e leannain a bh'annta ged a bha iad pòsda.

An Dihaoine mus do dh'fhàg sinn bha sabaid ann an Ierusalem 's chaidh grunn Arabs a mharbhadh ach cha do dh'innis ar fear-seòlaidh càil mu dheidhinn. Bho thill sinn dhachaigh bha sinn a' dèanamh mòran meòrachaidh air Israel. Bha dealbhan a' tighinn air ais thugam gu h-àraid dealbh de nighean òg ann an aodach saighdeir air bus 's i ag èisdeachd ri òrain 'pop' air rèidio a bh'aice mu a h-amhaich.

A' mhadainn a bha seo thàinig mo bhean a-steach le litir a fhuair i bho Mharion.

Thug i dhomh an litir gun smid a ràdh. Leugh mi i. Bha Marion ag ràdh gu robh i fhèin agus Jim air dealachadh. Choinnich e ri tè na bu bheartaiche na ise.

Chunna mi an drochaid a-rithist, 's an dithis aca a' tilleadh don bhus ann an làmhan a chèile.

'S cha robh a-rèisd an sgeulachd ud fhèin ceart. Bha mi faireachdainn tùrsach is falamh.

Tha aon rud mu dheidhinn co-dhiù, arsa mo bhean. Cha robh clann aca.

Cha robh, arsa mise 's mi smaoineachadh air an nighean air a' bhus.

Anns a' choille shàmhach chunna mi an nighean Eireannach a' leigeil orra gu robh i dràibheadh an tanca, ann am fàileadh nan dìtheanan.

Tha sin ceart, arsa mise ri mo bhean. Tha sin ceart.

Ciamar a tha e Beò

O chionn bliadhna neo dhà thachair mi ris an fhear seo ann an Glaschu. Bha e ag ràdh rium gur e an aon mhiann a bh'aige bàrdachd a sgrìobhadh, agus nuair a chual e gur e bàrd a bh'annam, thubhairt e rium gun toireadh e thugam beagan de a sgrìobhaidhean. A-nise 's e fear a bh'ann a bha coimhead truagh is bochd, agus bha dòchas agam fhìn gum biodh a' bhàrdachd aige math, oir bha e soilleir nach robh nì eile aige 'na bheatha. Ach nuair a sheall e dhàin dhomh chunna mi anns a' bhad nach robh feum sam bith annta, bha e mar nach robh e air cluinntinn mu bhàird ar linn fhìn, agus bha a stuth gun smior, gun cheòl.

Co-dhiù thubhairt mi ris gu leughainn a chuid bàrdachd aig an taigh le barrachd cùraim agus thòisich e an uair sin ag innse dhomh mu dheidhinn a bheatha.

Uill, ars esan, o chionn bliadhna thàinig mi dhachaigh bho m'obair agus bha mo bhean air sanas fhàgail air cùl an dorais. Nuair a thog mi am pàipear bha i ag radh rium ann gu robh i dol gam fhàgail. Agus 's e sin a rinn i. Ach a bharrachd air a sin mus do dh'fhàg i fhuair i fichead nota air iasad o fhear de mo chompanaich agus bha fhios'am nach fhaiceadh e an t-airgead tuilleadh. An oidhche sin fhèin chaidh mi mach agus ghabh mi an daorach agus nuair a thàinig mi dhachaigh bhris mi soithichean a bha i air fhàgail air a cùlaibh.

Co-dhiù beagan an dèidh sin chaidh briseadh a-steach do mo thaigh dà thuras. Feumaidh mi innse dhuibh nach ann ann am pàirt beairteach de Ghlaschu a tha mi còmhnaidh ach ann an slum, agus ged a bhithinn airson a reic chan eil duin' ann a cheannaicheadh e. A' chiad turas cha do ghlac mi am meirleach idir ach an ath thuras fhuair mi grèim air agus theab mi a mharbhadh. Nuair a thàinig a' chùis gu cùirt 's e mise fhuair rabhadh bhon bhritheamh nach robh còir agam mo làmh a thogail ri duine sam bith agus sin ged a bha an duine a' goid às mo thaigh. Cha mhòr gu robh mi ga chreidsinn. Shaoilear gur e mise bha ceàrr, gur e mise am peacach. Co-dhiù chuir e fichead nota orm agus seach nach robh sin agam b'fheudar dhomh a dhol don phrìosan airson trì seachdainean. Anns a' phrìosan choinnich mi ri mòran dhaoine a bha brùideil agus aineolach. Dè dh'ionnsaich mi anns a' phrìosan? Cha do dh'ionnsaich càil. Bhris fear m'fhiaclan. Seall riutha. Nach eil thu coimhead gu bheil iad briste? Leum fear eile orm le sgian. Bhris mi fhìn sròn fear eile, oir bha thu dìreach mar gum bitheadh tu ann an coille a-measg beathaichean fiadhaich.

Fhads a bha mi anns a' phrìosan bha fhios'am gu robh mo mhàthair a' bàsachadh le cansair agus air an adhbhar sin bha mi airson cleith dè thachair dhomh. Thubhairt mi rithe gu robh mi air làithean-saora. Bha ise smaoineachadh gu robh mi anns an Spàinn oir thubhairt i rium a dhol don rìoghachd sin seach gur e Caitligeach a th'annam. Bha m'athair cuideachd tinn le stròc a thàinig air aon latha 's e ag obair anns an lios a' tanachadh ròsan.

A-nise nuair a thàinig mi mach às a' phrìosan fhuair mi mach gu robh cuideigin air mo chàr a ghoid às mo thaigh. Oir cha deach esan don phrìosan idir. Nuair a fhuair mi mach nach robh sgeul air mo chàr theab mi dhol às mo chiall. Bha mi falbh air feadh nan sràid ag èigheachd 's a' sgriachail. An oidhche sin fhèin ghabh mi daorach mhòr eile. A-nise nuair a bha mi anns a' phub a bha seo thachair companach rium 's dh'fhaighnich a dhiom càit an robh mi air a bhith 's nach fhac e mi airson ùine mhòir. Cha do dh'innis mi dha mu dheidhinn a' phrìosain idir ach dh'innis mi dha mu dheidhinn a' chàr.

Innsidh mi dhut dè nì thu, ars esan rium. Tha pàirtidh gu bhith againn a-nochd agus thig thusa thuige. Agus dh'innis e dhomh an seòladh anns an robh e gu bhith. Aig naoi uairean a dh'oidhch' ràinig mi an taigh seo le botal uisge-bheatha agam agus chaidh mi suas an staidhre. Bha ceòl ri chluinntinn 's nuair a chaidh mi steach bha grùnn dhaoine is bhoireannach anns an rùm. Thachair mi ri nighean òg aig a' phàirtidh agus thubhairt i rium gun deidheadh i dhachaigh còmhla rium. Bha mi uabhasach toilichte agus cha do mhothaich mi gur e drugaichean a bh'anns na toitean a bha mi smocaigeadh. Agus fad na tìde bha mi 'g òl uisge-beatha agus ag ràdh ris an nighean a bha seo cho bòidheach 's a bha i ged nach robh i 'g èisdeachd idir.

Aig uair sa' mhadainn chaidh mi null chun na h-uinneig 's thubhairt mi riutha gu lèir, Tha sgiathan orm-sa. Tha mi dol a leum a-mach air an uinneig 's chan èirich beud dhomh. 'S e na drugaichean 's an t-uisge-beatha an ceann a chèile a chuir mi mar seo. Thòisich iad uile ag ràdh rium gu robh mi ceàrr ach bha aon fhear an siud cho amaideach rium fhìn agus thubhairt e gun toireadh e dhomh leth cheud nota na leumainn, 's nan tuitinn sàbhailt air an rathad. Ceart, ars mise ris 's leum mi mach air an uinneig ach nach ann a leòn mi mo cheann nuair a thuit mi air a' chloich. Agus a bharrachd air a sin bha an nighean a' smaoineachadh gu robh mi cho amaideach 's nach tigeadh i dhachaigh còmhla rium idir.

A-nise shaoileadh duine gu robh gu leòr air tachairt dhomh ach bha an tuilleadh air thoiseach orm. An latha bha seo bha mi 'nam sheasamh ann an stèisean nam busaichean. Bha balach òg 'na sheasamh ri mo thaobh agus dh'iarr e fag orm agus thug mi dha tè. Bha mi bruidhinn ris airson ùine mhath agus nuair a bha e dìreadh don bhus chuir mi mo làmh air a ghàirdean airson a chuideachadh. Co-dhiù anns a' mhionaid sin 's am bus a' fàgail thàinig an dithis phoileas a bha seo thugam agus thubhairt iad rium, Chunna sinn a h-uile càil. Bha thu fiachainn ris a' bhalach ud a dhèanamh cho coirbte riut fhèin. Feumaidh tu a thighinn còmhla ruinne. Agus thug iad don stèisean mi. Bha sergeant mòr reamhar an seo agus thubhairt e rium: Tha thu dìreach mar a bha d' athair, ach seallaidh mise dhut nach e 'hard man' a th'annad idir. Tha fhios againn dè bha thu fiachainn ri dhèanamh air a' bhalach ud, a thrusdair.

Cha robh càil, arsa mise ris.

Chan e sin a tha an dithis phoileas a tha seo ag ràdh.

Uill, tha iad ceàrr, arsa mise. Agus faodaidh sibh m'aodach a sgrùdadh mas e bhur toil.

Ach bha e airson mo chur don phrìosan. Agus sin a-nise mar a tha cùisean. Tha eagal mo bheatha orm gu ruig an gnothach seo a' chùirt, agus ma ruigeas ciamar as urrainn dhomh bruidhinn ri mo chompanaich tuilleadh neo ri mo mhàthair ma chì i anns a' phàipear e.

Bha mi uair a bha còig chlach deug de chuideam annam ach an-diugh chan eil annam ach a naoi. Bha mi uair, cuideachd, a bha mi 'nam bhouncer ann am pub, agus chunna mi am fear seo a' dol suas gu nighean. Fàg an nighean sin, arsa mise ris. Uill, dh'fhàg e i ceart gu leòr, agus nuair a bha mi anns an taigh-mhùin an oidhche sin thàinig e às mo dhèidh le ràsar. A' bheil thu coimhead an làrach sin a th'air m'amhaich?

Fhads a bha e bruidhinn bha mi smaoineachadh, Ciamar a tha an duine seo beò? Ciamar a tha e 'g èirigh anns a' mhadainn?

Agus a bharrachd air a sin bha mi smaoineachadh. Chan aithne dha bàrdachd a sgrìobhadh, agus seall ris na rudan a thachair dha. Bha beatha aige cho làn is cho aognaidh 's a b'urrainn a bhith aig neach sam bith.

Agus smaoinich mi, 's aithne dhomhsa bàrdachd a sgrìobhadh agus cha do thachair aon fhicheadamh pàirt ri seo rium.

Tha an saoghal eucoireach, arsa mise rium fhìn. Thug mi dha bàrdachd T.S. Eliot. Leugh siud, arsa mise ris, feuch an sgrìobh thu rudeigin coltach ri sin. Seachdain an dèidh sin thàinig e air ais. Bha a bhàrdachd a cheart cho truagh 's a bha i roimhe.

Thug mi dha fag an dèidh fag oir cha robh sgilling airgid aige.

Cuiridh mi thugaibh a' bhàrdachd agam air a' phost, ars esan rium.

Dèan thusa sin, arsa mise ris. Agus innis dhomh dè thachras a thaobh na cùirte. Cha chuala mi càil bhuaithe tuilleadh. 'S math dh'fhaoite nach robh airgead stampa aige.

Agus tha mi air sgeulachd a sgrìobhadh mu dheidhinn. 'S e an eucoir a tha sin cuideachd.